蝙蝠俠的幫手

Lawrence Block

易萃雯、劉麗真 譯

勞倫斯・卜洛克 著

The Night and the Music

馬修・史卡德系列 18

蝙蝠俠的幫手 The Night and the Music

作者——勞倫斯・卜洛克 Lawrence Block
譯者——易萃雯、劉麗真
美術設計—— ONE.10 Society
編輯協力——黃麗玟、劉人鳳
業務——李振東、林佩瑜
行銷企畫——陳彩玉、林詩玟
事業群總經理——謝至平
發行人——何飛鵬

出版——臉譜出版
115 台北市南港區昆陽街16號4樓
電話：(02)2500-7696　傳真：(02)2500-1952
臉譜部落格 facesfaces.pixnet.net/blog

發行——英屬蓋曼群島商家庭傳媒股份有限公司城邦分公司
115 台北市南港區昆陽街16號8樓
客服服務專線：(02)2500-7718；2500-7719
24小時傳真專線：(02)2500-1990；2500-1991
服務時間：週一至週五上午9:30~12:00；下午13:30~17:00
劃撥帳號：19863813
戶名：書虫股份有限公司
讀者服務信箱：service@readingclub.com.tw

香港發行所——城邦(香港)出版集團有限公司
香港九龍土瓜灣土瓜灣道86號順聯工業大廈6樓A室
電話：(852)2877-8606　傳真：(852)2578-9337　E-mail: hkcite@biznetvigator.com

馬新發行所——城邦(馬新)出版集團 Cite (M) Sdn Bhd.
41, Jalan Radin Anum, Bandar Baru Sri Petaling, 57000 Kuala Lumpur, Malaysia.
電話：(603)9056-3833　傳真：(603)9057-6622　E-mail: services@cite.my

初 版 一 刷　2020年1月
三 版 一 刷　2024年4月
ISBN 978-626-315-488-9

定價320元（本書如有缺頁、破損、倒裝，請寄回本社更換）

國家圖書館出版品預行編目資料

蝙蝠俠的幫手 / 勞倫斯・卜洛克(Lawrence Block)著；易萃雯、劉麗真譯. -- 三版. -- 台北市：臉譜出版：家庭傳媒城邦分公司發行, 2024.04
面；公分. -- (馬修・史卡德系列；18)
譯自：The Night and the Music
ISBN 978-626-315-488-9(平裝)
874.57　　113003736

〈新版推薦序〉

關於我的朋友馬修・史卡德

臥斧

有很長一段時間，遇上還沒讀過「馬修・史卡德」系列的友人詢問「該從哪一本開始讀？」或「你最喜歡、最推薦哪一本？」之類問題，我都會回答，「先讀《八百萬種死法》，我最喜歡《酒店關門之後》。」

如此答覆有其原因。

「馬修・史卡德」系列幾乎每一本都可以獨立閱讀——作者勞倫斯・卜洛克認為，即使是系列作品，每部作品都仍該是個完整故事，所以倘若故事裡出現已在系列中其他作品登場過的角色，卜洛克就會簡述來歷，沒讀過其他作品或許不會理解角色之間的詳細關係，不過不會對理解手頭這本的情節造成妨礙。事實上，這系列在二十世紀末首度被引介進入國內書市時，出版社選擇出版的第一本書，就不是系列首作《父之罪》，而是第五部作品《八百萬種死法》。

出版順序自然有編輯和行銷的考量，讀者不見得要照章行事，我的答案與當年的出版順序並無關聯，《八百萬種死法》也不是我第一本讀的本系列作品。建議先讀《八百萬種死法》，是因為我認為這本小說最適合用來當成某種測試，確認讀者是否已經到達「人生中適合認識史卡德」的時期；

倘若喜歡這本，約莫也會喜歡這系列的其他故事，倘若不喜歡這本，那大概就是時候未到——生命中的哪個階段會被哪樣的作品觸動，每個讀者狀況都不相同。

這樣的答覆方式使用多年，一直沒聽過負面回饋，直到某回聽到一名友人坦承，自己初讀《八百萬種死法》時，覺得這故事「很難看」。有意思的是，這名友人後來仍然成為卜洛克的書迷，讀完了整個系列。

概略討論之後，我發現友人覺得難看的主因在於情節——這個故事並未完全依循推理小說作者與讀者之間不言自明的默契，結局之前的轉折雖然合理，但拐彎的角度大得讓人有點猝不及防，有部分讀者會覺得自己沒能被說服接受。可是友人同時指出，史卡德這個主角相當吸引人——這系列故事主線均由史卡德的第一人稱主述敘事，所以這也表示整個故事讀來會相當吸引人。能夠吸引讀者、呼應讀者自身的生命經驗、讓讀者打從心底關切的角色，總會讓讀者想要知道：這角色還會面對哪些事件，又會如何看待他所處的世界？

這是讓友人持續讀完整個系列的動力，也是我認為這本小說適合用來測試的原因——《八百萬種死法》是全系列中結局轉折最大的故事，也是完整奠定史卡德特色的故事。從這個故事開始認識史卡德，就像交了個朋友；而交了史卡德這個朋友，會讓人願意聽他訴說生命裡發生的種種故事。

約莫在友人同我說起這事的前後，我按著卜洛克原初的出版順序，重新閱讀「馬修．史卡德」系列，然後發現：倘若當初我建議朋友從首作《父之罪》開始讀，友人應該還是會成為全系列的忠實讀者，只是對情節和主角的感覺可能不大一樣。

史卡德登場

二十世紀的七〇年代，卜洛克讀了李歐納．薛克特的《論收賄》，這是薛克特與一名收賄的紐約警察一起完成的作品，內容講的就是那個警察的經歷。那是一名盡責任、有效率的警察，偵破不少案子，但同時也貪污收賄、經營某些不法生意。

卜洛克十五、六歲起就想當作家，他讀了很多偉大的經典作品，不過一開始並不確定自己該寫什麼；剛入行時他用筆名寫的是女同志和軟調情色長篇，市場反應不錯，六〇年代開始寫「睡不著覺的密探」系列，銷售成績也不差。七〇年代他與出版社商議要寫犯罪小說時，認為《論收賄》裡的警察或許能夠成為一個有趣的角色，只是他覺得自己比較習慣使用局外人的觀點敘事，沒什麼把握能寫好一個在警務體制裡工作的貪污警員。

於是卜洛克開始想像這麼一個角色：這個人是名經驗老到的刑警，和老婆小孩一起住在市郊，有辦案的實績，也沒放過收賄的機會；某天下班，這人為了阻止一樁酒吧搶案而掏槍射擊，但跳彈意外殺死了一個街邊的女孩。誤殺事件讓這人對自己原來的生活模式產生巨大懷疑，加劇了喝酒的習慣、與妻子分居、獨自住在旅館，偶爾依靠自己過往的技能接點委託維持生計，但沒有申請正式的偵探執照，而且習慣損出固定比例的收入給教堂……

真實人物的遭遇加上小說家的虛構技法，馬修・史卡德這個角色如此成形。

一九七六年，《父之罪》出版。

一名女性在紐約市住處遭人殺害，嫌犯渾身浴血、衣衫不整地衝到街上嚷嚷之後被捕，兩天後在獄中上吊身亡。女孩的父親從紐約州北部的故鄉到紐約市辦理後續事宜，聽了事件經過後找上史卡德——就警方的角度來看這起案件已經偵結，這名父親也不大確定自己還想做什麼，他與女兒幾年來鮮少聯絡，甫知女兒死訊，才想搞清楚女兒這幾年如何生活、為什麼會遇上這種事。警方不會處理這類問題，於是把他轉介給曾經當過警察、現已離職獨居的史卡德。

以情節來看，《父之罪》比較像刻板印象中的推理小說：偵探接受委託，找出凶案的真正因由。這個故事同時確立了系列案件的基調——會找上史卡德的案子可能是警方認為不需要處理的，或者是當事人因故無法、或不願交給警方處理的；而史卡德做的不僅是找出真凶，還會在偵辦過程裡挖掘出隱在角色內裡的某些物事，包括被害者、凶手，甚至其他相關人物。

緊接著出版的《在死亡之中》和《謀殺與創造之時》都仍維持類似的推理氛圍，不同的是卜洛克對史卡德的描寫越來越多。史卡德的背景設定在首作就已經完整說明，卜洛克增加的是史卡德處理事件過程的生活細節——他對罪案的執拗、他與酒精的糾纏、他和其他角色的互動，以及他在紐約憑藉公車、地鐵、偶爾駕車或搭車但大多依靠雙腿四處行走查訪當中的所見所聞，這些細節累疊在原先的背景設定上，逐漸讓史卡德越來越立體，越來越真實。

史卡德曾是手腳不算乾淨的警員，他知道這麼做有違規範，但也認為這麼做沒什麼不對——有缺陷的是制度，他只是和所有人一樣，設法在制度底下找到生存的姿態。這使得史卡德成為一個特殊的冷硬派偵探——這類角色常以譏誚批判的眼光注視社會，史卡德也會，但更多時候這類譏誚會轉為自嘲，因為他明白自己並不比其他人更好，這類角色常面不改色地飲用烈酒，史卡德也會，但酒精因而成為一種將他拽開常軌的誘惑，摧折身體與精神的健康；這類角色心中都會具備一套自己的道德判準，史卡德也會，而且雖然嘴上不說，但他堅持的力道絕不遜於任何一個硬漢。

我私心將一九七六年到一九八一年的四部作品劃歸為系列的「第一階段」。這四部作品的情節不只呈現了偵查經過，也替史卡德建立了鮮明的形象——作家替角色設定的個性與特質會決定角色面對衝突時的反應，而讀者會從這些反應推展出現的情節理解角色的個性與特質。史卡德並非完人，沒有超凡的天才，反倒有不少常人的性格缺陷，對善惡的標準似乎難以解釋，但他面對罪惡的態度會讓讀者清楚地感知那個難以解釋的核心價值。

讀者越來越了解史卡德——他不是擁有某些特殊技能、客觀精準的神探，他就是個試著盡力解決問題的凡人。或許卜洛克也越寫越喜歡透過史卡德去觀察世界——因為他寫了《八百萬種死法》。

反正每個人都會死，所以呢？

《八百萬種死法》一九八二年出版。

打算脫離皮肉生涯的妓女透過關係找上史卡德，請史卡德代她向皮條客說明。皮條客的行為模式與眾不同，尋找時花了點工夫，找上後倒沒遇到什麼麻煩；皮條客很乾脆地答應，但幾天之後，史卡德發現那名妓女出了事。史卡德已經完成委託，後續的事理論上與他無關，可是他無法放手，認為這事八成是言而無信的皮條客幹的；他試著再找皮條客，雖然不確定找上後自己要做什麼，不料皮條客先聯絡他，除了聲明自己與此事毫無關聯，並且要雇用史卡德查明真相。

在妓女出現之前，史卡德做的事不大像一般的推理小說；接下皮條客的委託之後，史卡德的工作方式則與前幾部作品一樣，不是推敲手上的線索就看出應該追查的方向，而是透過皮條客手下的其他妓女以及史卡德過往在黑白兩道建立的人脈，扎扎實實地四處查訪。因此之故，《八百萬種死法》有不少篇幅耗在史卡德從紐約市的這裡到那裡，敲門按電鈴，問問這個問問那個；其他篇幅一部分用來講述史卡德的生活狀況——主要是他日益嚴重的酗酒問題，酒精已經明顯影響他的神智和健康，但他對戒酒無名會那種似乎大家聚在一起取暖的進行方式嗤之以鼻，另一部分則記述了史卡德從媒體或對話裡聽聞的死亡新聞。

《八百萬種死法》的書名源於當時紐約市有八百萬人口，每個人可能都有不同的死亡方式；這些死亡事件與史卡德接受的委託沒有關係，史卡德也沒必要細究每樁死亡背後是否藏有什麼祕密。如此安排容易讓讀者覺得莫名其妙——我要看史卡德怎麼查線索破案子，卜洛克你講這些無關緊要的東西做什麼？不過讀者也會慢慢發現：這些插播進來的死亡新聞，讀起來會勾出某些古怪的反應，有時是深沉的慨嘆，有時是苦澀的笑意。它們大多不是自然死亡，有的根本不該牽扯死亡——例如有人扛回被丟棄的電視機想修好了自己用，結果因電視機爆炸而亡，這幾乎有種荒謬的喜感——讀者認為它們「無關緊要」，是因它們與故事主線互不相涉，但對它們的當事人而言，那是生命的瞬間消逝，可一點都不「無關緊要」。

是故，這些死亡準確地提出一個意在言外的問題：反正每個人都會死，所以呢？每個人如何迎來生命終點都無法預料，甚至不可理喻，沒有善惡終報的定理，只有無以名狀的機運；在這樣的世界裡，執著地追究某個人的死亡，有沒有意義？或者，以史卡德的處境來說，遠離酒精，讓自己清醒地面對痛苦，有沒有意義？

推理故事大多與死亡有關。古典和本格派將死亡案件視為智力遊戲，是偵探與凶手、讀者與作者之間鬥智的謎題；冷硬和社會派利用死亡案件反映社會與人的關係，什麼樣的環境會讓人做出什麼樣的掙扎，什麼樣的時代會讓人犯下什麼樣的罪行。其實，推理故事一直是最適合用來揭示人性的故事，因為要查明一個或數個角色的死因，調查會以死者為圓心向外輻射，觸及與死者有關的其他角色，釐清他們與死者的關係、死亡對他們的影響、拼湊死者與他們的過往，這些調查會顯露角色們的個性，死因與行凶動機往往就埋在這些人性糾葛之中。

《八百萬種死法》不只是推理小說，還是一部討論「人該怎麼活著」的小說。

「馬修．史卡德」是個從建立角色開始的系列，而《八百萬種死法》確立了這個系列的特色，這些故事不僅要破解死亡謎團、查出凶手，也要從罪案去談人性。

我們終將孤獨

在《八百萬種死法》之後，卜洛克有幾年沒寫史卡德。

據聞《八百萬種死法》本來可能是系列的最後一個故事，從故事的結尾也讀得出這種味道——史卡德解決了事件，也終於直視自己的問題，讓系列在劇末那個悸動人心的橋段結束，是個合理的選擇，也是個漂亮的收場——不過從隔了四年、一九八六年出版的《酒店關門之後》來看，卜洛克還想繼續以史卡德的視角看世界，沒有馬上寫他的故事，可能是自己的好奇還沒尋得答案。

因為大家都知道，故事會有該停止的段落，角色做完了該做的事、有了該有的領悟；但在現實生活裡，時間不會停在「全書完」三個字出現的那一頁，就算人生因為某些事件而轉往新方向，等在眼前的也不會是一帆風順「從此幸福快樂」的日子。卜洛克的好奇或許是：在史卡德直視自身問題、做了重要決定之後，他還是原來設定的那個史卡德嗎？那個決定會讓史卡德的生活出現什麼變化？那些變化是否會影響史卡德面對世界的態度？

倘若沒把這些事情想清楚就動手寫續作，大約會出現兩種可能：一是動搖前五部作品建立的系列基調——既然卜洛克喜歡這個角色，那麼就會避免這種情況發生；二是保持了系列基調但破壞了《八百萬種死法》那個完美結局的力道——真是如此的話，不如乾脆結束系列，換另一個主角講故事。

《酒店關門之後》是卜洛克思考之後的第一個答案。

這個故事裡出現三樁不同案件，發生在《八百萬種死法》之前。案件之間乍看並不相干（不過後來發現其中兩起有點關聯），史卡德甚至不算真的在調查案件——第一樁案件是酒吧常客妻子被殺，史卡德被委任去找出兩名落網嫌犯的過往記錄，讓他們看起來更有殺人嫌疑；第二樁事件是另一家起酒吧帳本失竊，史卡德負責的是與竊賊交涉、贖回帳本，而非查出竊賊身分。至於第三樁事件，史卡德完全沒被指派工作，那是一樁搶案，史卡德只是倒楣地身處事發當時的酒吧裡頭，而且也沒被搶。

三樁案件各自包裹了不同題目，這些題目可以用「愛情」、「友誼」之類名詞簡單描述，但真要說明白它們內裡的複雜層次，卻常讓人找不著最合適的語彙。卜洛克擅長用對話表現角色個性和推進情節，因此故事讀來一向流暢直白；流暢直白不表示作家缺乏所謂的文學技法，因為《酒店關門之後》完全展現出這類文字的力量——倘若作家運用得宜，這類看似毫不花巧的文字其實能夠帶領讀者無限貼近這些題目的核心，將難以描述的不同面向透過情節精準展演。

同時，卜洛克也在《酒店關門之後》為自己和讀者重新回顧了史卡德的完整形象，他的私人生活，他的道德判準，以及酒精。《酒店關門之後》的案件都與酒吧有關，故事裡也出現了非常多酒吧——高檔的酒吧、簡陋的酒吧、給觀光客拍照留念的酒吧、熟人才知道的酒吧、正派經營的酒吧、非法營業的酒吧、具有異國風情的酒吧、屬於邊緣族群的酒吧。每個人都找得到自己應該歸屬、宛如個人聖殿的酒吧，每個人也都將在這樣的所在，發現自己的孤獨。

史卡德並非沒有朋友，但每個人都只能依靠自己孤獨地面對人生，不是沒有伴侶或好友的孤獨，而是有了伴侶和好友之後才會發現的孤獨，在酒店關門之後、喧囂靜寂之後，隔著酒精製造出來的朦朧迷霧，看見它切切實實地存在。事實上，喝酒與否，那個孤獨都在那裡，只是少了酒精，有時就會缺乏直視的勇氣；可是理解孤獨，便是理解自己面對人生的樣貌，有沒有酒精，這都是必要的人生課題。

同時，《酒店關門之後》確立了這系列的另一個特色。假若從首作讀起，讀者會知道系列故事按著時序發生，不過與現實時空的連結並不明顯——那是二十世紀七、八〇年代發生的事，至於確切是哪一年則不大要緊。不過《酒店關門之後》開場不久，史卡德便提及事件發生在很久之前、一九七五年，是過去的回憶，而結尾則說到時間已經過了十年，也就是故事裡「現在」的時空應當是一九八五年，約莫就是《酒店關門之後》寫作的時間。史卡德不像某些系列作品的主角那樣，似乎固定停留在某段時空當中，他和作者、讀者一起活在同一個現實裡頭。

再過三年，《刀鋒之先》在一九八九年出版，緊接著是一九九〇年的《到墳場的車票》。卜洛克準備答案所花的數年時間沒有白費，結束了在《酒店關門之後》的回顧，史卡德的時間繼續前進，他用一種與過去不大一樣的方式面對人生，但也維持了原先那些吸引人的個性特質。

從《八百萬種死法》至《到墳場的車票》是我私心分類的「第二階段」，卜洛克在這個階段重新整理了對角色的想法，讓史卡德成為一個更有血有肉、會隨著現實一起慢慢老去、仿若與讀者一同生活在現實的真實人物。而系列當中的重要配角在前兩階段作品中也已全數登場，史卡德的人生即將邁入新的篇章。

我認定的「馬修・史卡德」系列「第三階段」從一九九一年的《屠宰場之舞》開始，到一九九八年的《每個人都死了》為止，卜洛克在八年裡出版了六本系列作品，寫作速度很快，而且每個故事都很精采，人性描寫深刻厚實，情節絞揉著溫柔與殘虐。

雖說先前談到前兩階段共八部作品時一直強調角色塑造，但不表示卜洛克沒有好好安排情節。卜洛克的確認為角色很重要——他在講述小說創作的《小說的八百萬種寫法》中明確寫道：「幾乎所有讀者持續翻閱任何小說的主要原因，就是想知道接下來發生的事，讀者之所以在乎接下來發生的事，則是因為作者描寫人物性格的技巧。小說中的人物若有充分描繪，具有引起讀者共鳴與認同的力量，讀者就會想知道他們下場如何，並深深擔心他們的未來會不會好轉，」「馬修・史卡德」系列可以視為這番言論的實際作業成績。不過，同一本書裡，他也提及寫作之前應該重新閱讀，不是以讀者的眼光閱讀，而是以作者的洞察力閱讀。卜洛克認為這樣的閱讀不是可以學到某種公式，而是能夠培養出一些類似「直覺」的東西，知道創作某類小說時可以用什麼方式。

說得具體一點，「以作者的洞察力閱讀」指的不單是享受故事，而是進一步拆解故事，找出該故事的作者用什麼方法鋪排情節，如何埋設伏筆、讓氣氛懸疑，如何製造轉折、讓發展爆出意外。

開始寫「馬修・史卡德」系列時，卜洛克已經是很有經驗的寫作者；要寫犯罪小說之前，他已經拆解了不少相關類型的作品。史卡德接受的是檢調體制不想處理、或當事人不願交給體制處理的案件，這些案件不大可能牽涉某種國際機密或驚世陰謀，但往往蘊含隱在社會暗角、體制照料不到之處的幽微人性——而史卡德的角色設定，正適合挖掘這樣的內裡。

從《父之罪》開始，「馬修・史卡德」系列就是角色與情節的適恰結合，而在寫完前兩個階段、史卡德的形象穩固完熟之後，卜洛克從《屠宰場之舞》開始加重了情節的黑暗層面。《屠宰場之舞》出現性虐待受害者之後將其殺害、並且錄影自娛的殺人者，《行過死蔭之地》出現綁架、性侵，並以切割被害者肢體為樂的凶手，《一長串的死者》裡一個祕密俱樂部驚覺成員有超過正常狀況的死亡機率，《向邪惡追索》中的預告殺人魔似乎永遠都有辦法狙殺目標。

這些故事都有緊張、刺激、驚悚、駭人的橋段，而在經營更重口味情節的同時，卜洛克持續讓史卡德面對自己的人生課題——前女友罹癌、要求史卡德協助她結束生命；原來已經穩固的感情關係，忽然出現了意想不到變化；調查案子的時候，自己也被捲入事件當中，更糟的是，自己的朋友也被捲入事件當中、甚至因此送命——諸如此類從系列首作就存在的麻煩，在第三階段一個都沒少。

史卡德在一九七六年的《父之罪》裡已經是離職警察，可以合理推測年紀可能在三十到四十之間，因此到一九九八年的《每個人都死了》為止，史卡德處於從三十多歲到接近六十歲的中壯年時期。在人生的這段時期當中，大多數人已經成熟、自立，有能力處理生活當中的大小物事，但也必須承受最多生活壓力——年長者的需求、年幼者的照料、日常經濟來源的提供、人際關係的維繫——而總也在這類時刻，一個人會發現自己並沒有因為年紀到了就變得足夠成熟或擁有足夠能力，毋需面對罪案，人生本身就會讓人不斷思索生存的目的，以及生活的意義。

「馬修．史卡德」系列的每一個故事，都在人間與黑暗共舞，用罪案反映人性，都用角色思考生命。

新世紀之後

進入二十一世紀，卜洛克放緩了書寫史卡德的速度。

原因之一不難明白：史卡德年紀大了，卜洛克也是。

卜洛克出生於一九三八年，推算起來史卡德可能比他年輕一點，或者同樣年紀。在歷經種種人生關卡、頻繁與黑暗對峙的九〇年代之後，史卡德的生活狀態終於進入相對穩定的時期，體力與行動力也逐漸不比以往。

原因之二也很明顯：九〇年代中期之後，網際網路日漸普及，犯罪事件利用網路及相關科技的比例也慢慢提高。卜洛克有自己的部落格、發行電子報，會用電腦製作獨立出版的電子書，也有臉書帳號，這表示他是個與時俱進的科技使用者，但不表示他熟悉網路犯罪的背後運作。要讓史卡德接觸這類罪案並無不可——早在一九九二年的《行過死蔭之地》裡，史卡德就結識了兩名年輕駭客，真要寫這類罪案，卜洛克想來也不會吝惜預做研究的功夫；但倘若不讓史卡德四處走動、觀察人間，那就少了這個系列原有的氛圍。

另一個原因則相對沒那麼醒目：卜洛克長年居住在紐約，世貿雙塔就是史卡德獨居的旅店房間窗景，二〇〇一年九月十一日發生在紐約的恐怖攻擊事件，對卜洛克和史卡德這兩個紐約客而言都是巨大的衝擊。卜洛克在二〇〇三年寫了獨立作品《小城》，描述不同紐約人對九一一的反應與後續生活；史卡德沒在系列故事裡特別強調這事，但更深切地思考了死亡——史卡德這角色是因為死亡才成形的，那樁跳彈誤殺街邊女孩的意外，把史卡德從體制內的警職拉扯出來，變成一個體制外孤獨抵抗人性黑暗的存在。過了二十多年，人生似乎步入安穩境地之際，世界的陡然巨變與個人的生理狀態，則提醒每個人：死亡非但從未遠去，還越來越近。而這也符合史卡德與許多系列配角的狀況，他們和史卡德一樣，都隨著時間無可違逆地老去。

「馬修．史卡德」系列的「第四階段」每部作品間隔都較「第三階段」長了許多。第一本是二〇〇一年《死亡的渴望》，這書與二〇〇五年的《繁花將盡》是本系列僅有「應該按順序閱讀」的作品。下一部作品是二〇一一年出版的《烈酒一滴》，不過談的不是二十一世紀的史卡德，而是《八百萬種死法》之後、《刀鋒之先》之前的史卡德——這兩本作品之間的《酒店關門之後》談的是一九七五年發生的往事，以時序來看，讀者並不知道史卡德在那段時間裡的狀況，那是卜洛克正在思索這個角色、史卡德正在經歷人生轉變的時點，《烈酒一滴》補上了這塊空白。

餘下的兩本都不是長篇作品。《蝙蝠俠的幫手》是短篇合集，可以讀到不同時期史卡德遭遇的事件，讀者會發現即使沒有夠長的篇幅，卜洛克一樣能夠巧妙地運用豐富立體的角色說出有趣的故事。二〇一九年的《聚散有時》則是中篇，也是「馬修．史卡德」系列迄今為止的最後一個故事，事件本身相對單純，但對系列讀者、或者卜洛克自己而言，這故事的重點是交代了史卡德以及系列當中重要配角的生活，他們有的長大了，有的離開了，有的年老了，但仍然在死亡尚未到訪之前，在生命裡碰撞出新的火花，發現新的意義。

最美好的閱讀體驗

「馬修．史卡德」系列的起始是犯罪故事，屬於廣義的推理小說類型，每個故事裡也都能讀出推理小說的趣味，縱使主角史卡德並非智力過人的神探，但他踏實地行走尋訪，反倒看到了更多人間光景、接觸了更多人性內裡。同時因為史卡德並不是個完美的人，所以他的頹唐、自毀、困惑，以及堅持良善時迸出的小小光亮，才會顯得格外真實溫暖。

是故，「馬修．史卡德」系列不只是好看的推理小說，還是好看的小說，不只是好看的小說，還是好的小說——不僅有引發好奇、讓人想探究真相的案件，不僅有流暢又充滿轉折的情節，還有深刻描繪的人性。

讀這個系列會讓讀者感覺真的認識了史卡德，甚至和他變成朋友，一起相互扶持著走過人生低谷、看透人心樣貌。這個朋友會讓人用不同視角理解世界、理解人，或者反過來理解自己。

我依然會建議初識這個系列的讀者，從《八百萬種死法》開始試試自己和史卡德合不合拍，不過或許除了《聚散有時》之外，任何一本都會是很好的選擇——不同時期的史卡德作品會有些不同的質地，但都保持了動人的核心。

這些年來我反覆閱讀其中幾本，尤其是《酒店關門之後》，電子書出版之後，我又從《父之罪》開始依序閱讀，每次閱讀，都會獲得一些新的體悟。史卡德觀看世界的視角未曾過時，卜洛克對人性的描寫深入透澈，身為讀者，這是最美好的閱讀體驗。

〈推薦序〉

跟馬修・史卡德一起成長

布萊恩・柯普曼

一九八〇年，我快滿十四歲的前夕，我說服父母讓我獨自搭乘長島鐵路去曼哈頓，目的地是西五十六街的推理書屋。就在那裡、就在奧圖・潘澤勒（Otto Penzler）第六大道與第七大道間的店裡，我第一次遇見馬修・史卡德。

推理書屋是一個讓人望之生怯的地方，尤其是就書店而言。進了門，下一層階梯，身後沉重的大門猛然關上；書屋裡沒有輕音樂，一片死寂。店內也沒別的顧客。沒有笑臉迎人的服務台，只有一個沉默的大鬍子，坐在櫃臺後面，很神奇（也有些微的干擾），模樣像煞了一九七〇年代史蒂芬・金的作者宣傳照。我得這麼說：書屋就是個賣書的地方，何必把氣氛弄得這麼緊張。

那時候，我多半讀的是諜報小說。但我踏上處女行程，搭乘長島鐵路華盛頓港線，卻想開發新的閱讀領域。至於目標是什麼，卻也沒個準兒；顯然不妙，因為這意味著我得走到櫃臺前，跟那位有點陰森森的史蒂芬・金老闆攀談。他手上的書讀得正入神，一副完全不想被來自拿索郡小鬼打擾的模樣。

我不知所措，在櫃臺前，站也不是，走也不是；好不容易，他的眼神才從書本上抬起來，遊移一會兒。我鼓起勇氣，請他推薦。

「你喜歡哪種書？」他問。

我支支吾吾、這個那個的，自己也講不清楚。

「你是喜歡逗趣的嗎？」

「不盡然。」我說，「我想讀些能感受到真實社會情況的小說。」

「喔，」他說，「你大概準備好了，可以讀點冷硬派的作品。」

「冷硬派」。在此之前，我還沒聽過這個名詞，但感覺起來好像很對味。尤其是我還得「準備好」才能去看。

「好，」我說，「請給我一些冷硬派的作品。」

他伸手到櫃臺後方，取出三本書。

「這就是你要的。」他說。他遞給我的三本書，分別是：《父之罪》、《謀殺與創造之時》與《在死亡之中》。「這是勞倫斯・卜洛克的作品。」

我付了錢，朝賓州車站走去，搭上停在月台的列車，找了個位子，就開始讀《父之罪》。過了一會兒，列車才啟動。

五十五分鐘後，我幾乎錯過我家那站。

我媽開車到車站接我，一路上，我想我應該沒跟她講上兩句話，始終埋頭苦讀。我只記得我走進大門，跟我的姐姐妹妹點點頭，直直走進我的臥室，把整本書一口氣讀完。

孿生史蒂芬．金真沒說錯。馬修．史卡德真的就是我要的。

我風急雨驟的讀完這幾本書。我不大明白：為什麼我跟史卡德的經歷，絕無重疊之處，卻能被他的遭遇緊緊鎖住，無法自拔——我沒喝過一杯烈酒、沒殺過人（無論是蓄意還是失手）、幾乎沒親過女孩——不知道為什麼，馬修的一舉一動，就是能說服我。

也許因為在他身上，我看不到半點虛假。馬修想要喝酒，他就來一杯；想要打架，就動手。他不想跟你講話，就不開口。就算你是他的客戶，他也不想討好你，不想跟你吹噓他一定能解決你的疑難雜症，甚至不願意承諾他會盡力幫你。

史卡德並不天真。他知道這世界本質上就是扭曲的，只是他不屑跟著變形去適應。他可能會向警察行賄，套點消息；但他絕不欺騙自己。因為他知道一旦對自己也不肯誠實相待，最終會付出難以估量的慘痛代價。

像我這樣十幾歲的青少年，正在承受外界鋪天蓋地的壓力，迫使你宣稱要成為最好的自己、迫使你懷疑所有成人都是騙子。史卡德拒絕跟這些狗屁妥協，精準的打中我的心坎。他一身缺點，是那樣破碎的英雄。我閱讀諜報小說，裡面的間諜全都是超人，史卡德只是緊緊揪住他僅存的人性、技能與格調。他心知肚明。誠實以告讀者。我就是欣賞他這一點。

至今，我對馬修的喜愛，不曾改變。讀完了《在死亡之中》，我下定決心要讀遍馬修．史卡德的小說。不像我在十來歲時立下的其他誓言，這個承諾，我始終信守。在某個時間點上，不確定是自覺或無意，勞倫斯・卜洛克決定把自身最巨大、最深刻的部分，融進這個角色中。馬修・史卡德年歲漸長，不再喝酒、不再召妓、不再……幾乎戒斷了所有誘惑；只有在他義憤填膺或者基於休戚與共的關切，才會誘使他重操舊業。

即便我造訪推理書屋（現在已經搬離下城）的頻率，不像以往密集；即便我讀小說的時間越來越短；現在的我距離十四歲的我，越來越遙遠，但我眷戀的眼光，始終不曾離開我的老朋友。

我現在已經有了個十五歲的兒子。兩週前，他展開人生第一次的個人火車之旅。這一趟，目的地是華盛頓DC，路上想找本書讀。我陪他走到書架旁，抽出《父之罪》。「這就是你要的。」他微笑。我想他渴求的程度應該不及我當年的一半。

合集的最後一個故事，講的是馬修跟巴魯。兩人的交情超過二十年，已經成為這個系列的靈魂，比起小說中其他有關友情的描述，我的感觸更深。勞倫斯・卜洛克在馬修・史卡德系列中，寫下兩人生死以之的交往，這一頁傳奇讓無數讀者為之動容。這是人與人之間的諸多可能、相互扶持、兄弟情懷，乃至接納、榮譽與真誠的一種肯定。更重要的，其中還有寬容。兩人對坐終夜，正是寬容的具體展現。他們長談，偶爾放聲大笑，偶爾相對無語，直到破曉的曙光，鑽進葛洛根的窗戶。這是我們所有人的避風港，沒人需要接受審判與譴責，我們大可從容做自己，儘管遍體鱗傷、滿身罪孽、落魄潦倒。他們有缺點，馬修與米基，但他們也完美。花時間跟他們作伴，我相信我們也是。

序者簡介

布萊恩・柯普曼（Brian Koppelman）

美國著名的製片、導演、劇作家。劇作以二〇〇三年《失控的陪審團》（Runaway Jury）最膾炙人口，近期的作品，還有《逆轉王牌》（Runner Runner）。目前由他共同創作的《財富之戰》（Billions）的迷你影集，也在SHOWTIME進入第五季。他始終是馬修・史卡德迷。二〇一一年，卜洛克出版史卡德短篇小說集，他特別為選集回顧了他與史卡德結緣的歷程。卜洛克特別致函編輯，務必將這篇序文，放進《蝙蝠俠的幫手》增訂新版。

〈推薦序〉

閱讀馬修．史卡德

冬陽（推理評論人，前臉譜出版主編）

我與馬修．史卡德的相識，當然是從閱讀開始。

一九九七年，剛考上大學的那年暑假，我在高雄的明儀書店見到一本酒紅色書封，一對銳利的眼睛浮現其上，英文書名「EIGHT MILLION WAYS TO DIE」斗大、中文書名「八百萬種死法」像只是點綴，陳列在翻譯小說新書區。「好大的口氣。」我心想。在推理小說裡讀到千奇百怪的死法並不稀奇，數量可以到八百萬？是要挑戰世界紀錄嗎？

我翻開書，讀起唐諾撰寫的導讀，這段話解開了我的疑惑：「為什麼是八百萬？答案是，八百萬是整個紐約市的總人口數（當時），全紐約人全死光是什麼意思？當然，小說沒這麼狠，這只是說一種可能性、一種合情合理的假設，真正的意思接近台灣名小說家朱天心所說的：免於隨時隨地皆可死去的自由。」很好，這段文字打動了我，或說徹底勾起了我的好奇，於是從平台上挑選一本結帳去。

如果我的記憶沒遭到扭曲變造，應該是用兩個晚上熬夜讀完了這本書。然後，在闔上書的那一刻，我做了跟馬修一樣的事——就寫在這本小說的最後一行。

那兩個晚上，顛倒了我對推理小說的看法與感受，彷彿倒置過來的沙漏，偵探的形象與犯罪的陳述和解決帶給我強烈的衝擊。這是作者勞倫斯．卜洛克熟悉推理書寫脈絡而有意為之的安排，尤其待全書系繁體中文版出版告一段落、我重新按寫作時間序順讀下來後更是確信。

奧古斯都．杜賓、夏洛克．福爾摩斯、赫丘勒．白羅、艾勒里．昆恩之流的大偵探，處在浪漫古典的國度中，信仰純粹的邏輯理性，用提出批評的旁觀角度檢視犯罪，視凶手為對弈且必為手下敗將的高尚人士，自己是那撥亂反正的絕對力量。他們幾乎不沾染，甚或偶爾凌駕法律裁罰，建立起一種獨特的階級身分出入欲望滿溢的人性幽微，連帶讓閱讀者享受童話般的純淨美好，裡頭只不過有幾具遭精心謀殺的屍體爾爾。

馬修．史卡德則置身於存在八百萬種死法的紐約。他從巡邏員警幹起，腰上少了一塊鐵就覺得不對勁，送到眼前的錢他不會拒絕，否則怎能靠微薄的薪水安養妻小。同僚間的許多事他可以睜眼閉眼，唯獨謀殺這事沒法妥協，當了十五年條子選擇離開並不是突然想通不該再同流合污，而是一發沒擊中搶匪的流彈射進了七歲女童軟綿綿的眼裡腦裡，也就此離開他當丈夫與父親的身分，蝸居在五十七街上的一間旅館。

他能怎麼餬口過活？過去的本領還堪用，於是在阿姆斯壯酒吧一隅喝著加了波本威士忌的咖啡，聆聽委託人的陳述。他拒絕的次數比同意還多，幫不喜歡的人忙相對比較沒負擔，沒有私家偵探的執照、不會提供格式完整的報告、就連收費也沒個標準可言，到手的錢則是固定會去幾個地方：寄張匯票給前妻、付清長期租住旅館的費用、捐出十分之一給當時還開門營業的教堂，順便為自己記得的死者點上蠟燭祈福。

馬修．史卡德經手的案件——更精確地說，是寫在書冊供讀者參與其中的案件——總先設立一個前提，那就是委託人不見得能得到想要的答案，更可能觸及無法預料、極可能難以承受的不堪黑暗。這段從馬修口中提出的告誡不只說給委託人聽，同時也聽在陳述者自己耳裡，並且透過文字進到閱讀者的腦海中。當偵探「抬起屁股去敲門」、追尋可能拼湊出真相的零散線索時，也展開了一場紐約這城的巡禮，晃晃悠悠地見識到形形色色的人、光怪陸離的事，調查時而前進時而停頓甚至倒退，馬修也時而查案時而耽溺在自己瀕臨崩毀的信念裡。

於是，閱讀馬修．史卡德的故事，令我變得與他貼近起來。不是華生醫師緊跟福爾摩斯擔任助手兼記錄者般的貼近，而是一種宛如朋友的熟稔，知曉他的思路、猜想他的行動、預測他接下來要說的話。尤其經歷過作者卜洛克第一次訪台時近距離的接待陪伴（那時我正好任職於臉譜出版）、趁出差之便走訪史卡德熟悉的紐約——一晃眼二十三年過去，有時會令我納悶，我與馬修．史卡德的關係，究竟是閱讀還是交往。

也許就是因為這種心情，我在十二年前（二〇〇八）很僭越地做了一件事：編選馬修．史卡德短篇探案集《蝙蝠俠的幫手》。當時距離卜洛克第一次訪台宣傳《繁花將盡》已相隔四年，遲遲盼不到史卡德系列新作問世，於是我向主管提出一個想法：能否集結未曾中譯的史卡德短篇故事在台出版？主管同意了，作者也欣然答應，但該怎麼為這本書取書名呢？我仿效了福爾摩斯短篇集，安上了「The Case Book of Matthew Scudder」這個英文書名，並選取其中一個短篇做為中文書名，也就是「蝙蝠俠的幫手」。

之後，我為此後悔了十二年。

後悔的原因有二。一是我不該拿〈蝙蝠俠的幫手〉當書名，這實在太取巧、太不史卡德了不是嗎？卜洛克後來在二〇一三年拿〈夜晚與音樂〉（The Night and the Music）當成他自己編選、也就是現在這個新版史卡德短篇集的英文書名時，我更深刻體認到當年的魯莽不成熟。二是當年未向卜洛克邀寫一篇談這些個故事的創作始末，還意外地收進一篇〈立於不敗之地〉——那應是卜洛克所寫的第一個短篇故事，但並非史卡德探案，所幸這些錯誤與補遺都在這本新版的著作中得到了遲來的修正。

因此，我們得以藉此獲悉馬修·史卡德最完整的訊息，理解他在長篇故事之間的轉折停歇日常回憶云云，又一次挑戰自我信念的冒險、另一段令人興味盎然的機巧對話、與親密夥伴重逢相聚的交心時刻……同時提醒你望向書架上那可能還有作者親簽的成排小說，是不是該抽個空會一會這位老朋友了？

蝙蝠俠的幫手

Lawrence Block

The Night and the Music

目次

窗外

她的最後一天沒有異常之處。她看來有點神經質，心裡有點兒事或者一點事也沒有。不過寶拉向來就是這副模樣。

她在阿姆斯壯酒吧當差的三個禮拜，一直都不是個模範服務生。她會忘掉客人點了什麼，要不就是搞混這人與那人的餐，而你要結帳或者打算再叫一輪酒時，想把她引來桌邊還真會搞得你抓狂。在當班的某些時日裡，她走起路來如同穿牆而過的幽靈，像是練就好什麼玄奧的神遊太虛的技巧，魂魄跑到外頭浪遊卻還留著瘦長的身軀繼續端送食物飲料並且抹淨空蕩的桌子。

不過她的確很努力的試過了。媽的她的確有。她硬是能夠擠出一抹笑。有時候是忍著傷痛走路的勇敢笑容，有時候是繃緊下巴不堪一擊吞過幾片安非他命的微笑，不過日子就是要一天天熬過來的所以不管哪種笑容總比什麼都沒有好。阿姆斯壯大部分的常客她都知道名字，而聽到她那一聲招呼你總會有種回到家的感覺。如果那聲招呼就是你所有的家的時候，你會懂得珍惜它的。

而如果說這份工作她做起來不盡理想的話，呃，她當初跑到紐約來可也不是志在於此。沒有人會立志要到第九大道的三流酒館當服務生的，這就跟沒有人會立意要變成一個月復一個月仰仗波本和咖啡度日的前任警察是一樣的道理。這種偉大的命運是當頭甩過來的。如果你還年輕如同寶拉·薇勞爾的話，你會硬撐在那兒想著事情總會好轉。如果你是我這年齡的話，你會兩手合十禱告事情不要惡化太多。

她值日班，從中午到晚上八點，禮拜二到禮拜六。崔娜則是六點到班，所以晚餐人潮多時就有兩個女孩當班。八點一到寶拉會去她去的不管哪裡而崔娜則會繼續端送一杯杯咖啡以及波本再做六個鐘頭。

寶拉的最後一天是九月下旬的某個禮拜四。夏天的熱潮開始退散。那天早上下了場沁人心脾的小雨，太陽一直沒有露臉。午後四點我帶著一份郵報漫步而入，喝下我當天的第一杯酒時一邊看報。八點鐘時我和羅斯福醫院的幾名護士聊天，她們想要嚼舌抱怨某位住院外科醫生的救世主情結。寶拉匆匆走過我們的桌邊跟我道聲晚安的時候，我正發出同情的噪響。

我說：「晚安寶貝。」我抬起頭了嗎？我們相視而笑了嗎？媽的，這我可不記得。

「明天見，馬修。」

「是啊，」我說。「上帝保佑。」

不過祂顯然沒有。約莫三點時賈斯汀關門打烊，我繞過街角回到旅館。沒多久後咖啡和波本的作用便相互抵銷。我爬上床睡覺。

我的旅館位於第八和第九大道之間的五十七街，在這個街區靠上城的那端，而我的窗戶則朝南對著街道。我可以從窗口看到曼哈頓尖端的世貿中心。

我也看得到寶拉住的建築。它位在旅館對面朝東約莫一百碼處，是棟龐然高樓，如果在正對面的話，世貿中心就會給擋到我的視線以外。

她住在十七層樓。四點過後不久她跳下一扇高窗。她盪過人行道落到離路沿幾呎的街上，剛巧掉在兩輛停放的車子之間。

中學物理教到，落體是以每秒三十二呎的等加速度落下。所以第一秒她應該掉了三十二呎，下一秒則是六十四呎，然後第三秒是九十六呎。照說她掉了約莫兩百呎，因此實際的掉落過程我想應該花不到四秒鐘。

感覺上一定比四秒長很多。

∞

我十點十點半左右起床。我站在櫃臺前等信時，維尼告訴我夜裡有人跳樓。「是位淑女哩（譯註：a dame），」這個詞現在已經很少人用了。「她光溜溜的跑出去。單是那樣就有可能喪命哪。」

我看著他。

「落到街上，差點撞上某人的凱迪拉克。車頭來了那麼個擺飾你會作何感想？這種事不知道保險公司賠不賠。該叫什麼你說，天災是吧？」他從櫃臺後頭出來，陪我一起走到門口。「就是那裡，」他邊說邊指著。「賣花卡車就停在她啪倒的位置。現在已經什麼鬼都看不到。他們拿個鏟子和海綿把她鏟走然後開了水管全沖掉了。我來上班的時候，半點痕跡都沒留下。」

「她是誰啊？」

「誰曉得？」

當天早上我有事得辦，辦事的時候我偶爾會想到那個跳樓的人。這種人並不少見，而且他們通常是在黎明之前跳的。據說那是最最黑暗的時刻。

午後不久我路過阿姆斯壯，順便停腳匆匆進去喝一杯。我站在吧台邊四下張望要跟寶拉打招呼，但她人不在。一名臉色蒼白名叫麗塔的女孩幫她代班。

迪恩站在吧台後頭。我問他寶拉在哪兒。「她今天蹺班是吧？」

「你沒聽說嗎？」

「吉米炒了她魷魚？」

他搖搖頭，在我開口進一步猜謎以前他便告訴了我。

∞

我喝下我那杯。我跟人約了要談點事，不過那件事突然不再重要了。我往電話投下一毛取消約會然後回頭再喝一杯。舉杯時我的手微微抖著。放下杯子時，我的手穩了些。

我穿過第九大道，在聖保羅教堂小坐一下。十分、二十分鐘過去了。之類的。我為寶拉點根蠟燭，也為另外幾具屍體點上蠟燭，我坐在那裡想著生命與死亡以及高窗。剛離開警界的那段時間，我發現教堂是很適合思考這類問題的場所。

不久之後我走向她的大樓，站在樓前的人行道上。賣花人的卡車已經開走，我檢查起她掉落的街面。一如維尼跟我強調的，該處沒有留下半點痕跡。我仰了頭朝上看去，心想她不知是從哪扇窗子落下的，然後我又低頭看看人行道再揚起頭來往上瞧，接著我便一陣昏天黑地。如此這般搞一搞之後，我引來大樓門房的注意，他走到路沿，亟想跟我討論他們的前任房客。他是約莫和我同齡的黑人，以他那身制服為榮的程度並不亞於海軍陸戰隊招兵海報裡的主角。帥氣的制服，不同層次的棕，繡著肩章配著閃閃發亮的銅釦。

「真真不幸，」他說。「那麼個年輕輕的女孩兒家，擺著大好的前程不要。」

「你跟她熟嗎？」

他搖搖頭。「她會對著我笑，每次都打招呼，每次都叫我的名字。衝進衝出老在趕路。絕不會想到她有半點愁。不過這種事很難講。」

「是很難講。」

「她住十七樓哩。就算不收房租，我也不會住在離地面那麼遠的地方。」

「懼高症是吧？」

不知道他聽見這句話沒有。「我住的地方只要爬一段樓梯。挺合適的。不用電梯而且也沒有高窗。」他的眉頭籠上烏雲，像似要吐露個別的什麼，不過此時有人舉步要走進大樓的門廳，於是他便移身過去攔截那人。我再次抬起頭，打算一扇扇窗戶數到十七樓，不過暈眩感再度來襲，我只好放棄。

8

「你是馬修・史卡德嗎？」

我抬起頭。問問題的女孩非常年輕，長著淡棕色的大眼留著棕色直長的頭髮。開朗的臉龐沒有戒心，下唇有點抖顫。我說我是馬修・史卡德，然後指指我對面的椅子。她站著不動。

「我叫露絲・薇勞爾，」她說。

一直要等到她說「寶拉的妹妹」時我才恍然大悟。然後我便點點頭研究起她的臉看看有什麼家族特徵。就算有我可也找不著。當時是晚上十點，寶拉・薇勞爾已經死了十八個鐘頭而她的妹妹則是滿懷期待的站在我面前，臉上很奇怪的同時混合著堅決和猶疑的表情。

我說：「實在遺憾。坐下來好吧？想喝點什麼嗎？」

「我不喝酒。」

「咖啡怎麼樣？」

「我喝了一整天咖啡。他媽的咖啡搞得我直抖。我非得點個什麼才行嗎？」

她快不行了，沒錯。我說：「不用，當然不用。你什麼都不用點。」然後我便攔住崔娜的眼神給她警告，她迅速點個頭沒有過來。我啜著我的咖啡，越過杯緣凝神看著露絲・薇勞爾。

「你認識我姐姐吧，史卡德先生。」

「泛泛之交，只是顧客跟服務生的關係。」

「警察說她是自殺。」
「而你不認為？」
「我知道她不是。」
她講話時我盯著她的眼睛而且我也願意相信她這話是發自內心。她不認為寶拉是自願跳出那扇窗戶的，壓根不信。不過當然，這可不表示她就是對的。
「你認為事情是怎樣呢？」
「她被人謀殺。」她理所當然的說。「我知道她是被殺。我想我知道凶手是誰。」
「誰？」
「凱力．麥克羅。」
「我不知道這人。」
「但也有可能是別人，」她繼續說。她點了根菸，默默吸了會兒。「我滿肯定是凱力幹的，」她說。
「為什麼？」
「他們住一起。」她皺起眉頭，彷彿認知到同居並不足以證明謀殺。「他有這種能耐，」她小心翼翼的說。「所以我才覺得是他。我並不認為所有的人都有這個能耐。情緒火爆的時候，當然，我想人都難免會抓狂，不過事先籌算然後把人推出，推出，刻意把人推——」
我把手疊到她的手上頭。她的手纖長彷若無骨，皮膚摸起來冰涼乾燥。我覺得她就要放聲大哭或者崩潰或者怎樣不過她並沒有。她只是沒辦法說出窗戶兩個字而且碰到要說時她就只能用拖的。

「警察怎麼說？」

「說是自殺。他們說她取了自己性命。」她吸起菸。「可他們不了解她，根本不了解。如果寶拉要自殺，她會服藥。她喜歡吃藥。」

「想來她是服用興奮劑囉？」

「興奮劑、鎮靜劑、眠可欣、巴比妥酸鹽。而且她愛吸大麻，也喜歡喝酒。」她垂下眼睛。我的手還疊在她手上她看著我們的兩隻手於是我把手移開。「那些東西我都不愛。我喝咖啡，這是我唯一的污點，但我喝不多是因為會搞得我坐立難安。今晚我神經緊張就是因為咖啡。沒別的。」

「好吧。」

「我姐二十四歲，比我大四歲。我是小妹，老古板的小妹，不過她倒是希望我一直古板下去。她嗑藥喝酒什麼都來可又告訴我不要學她，因為對我不好。我覺得我古板就是因為她。真是這樣。倒不是因為她唸我，而是因為我看了她怎麼過活結果又是怎樣我可不想變成她。根本就是跟自己作對嘛她那種活法，不過同時我又好崇拜她，她永遠是我心目中的英雄。我愛她，老天我真是愛她，我是到現在才發現我有多愛她，可她已經死了是他殺了她，我知道是他，這我再肯定不過。」

一會兒之後我問她是想要我怎樣。

「你是偵探。」

「沒拿到執照。只是當過警察。」

「你可不可以……查出真相？」

「難說。」

「我試過找警察談。就像跟牆壁講話一樣，可我又沒辦法丟下這事不管。你懂我意思嗎？」

「應該吧。可如果我查了以後覺得是自殺呢？」

「她沒有自殺。」

「呃，假如查到最後我覺得是呢？」

這話她想了想。「我還是不需要相信。」

「沒錯，」我同意道。「我們有權選擇信或不信。」

「我有點錢。」她把皮包擱到桌上。「姐妹倆我是行為檢點的那個，我在公司上班，我也存錢。我身上有五百塊。」

「這一帶不適合拎著這麼多錢。」

「夠我雇你嗎？」

我不想拿她的錢。她有五百塊跟一個死去的姐姐，和其中一樣道別也換不回另一個的生命。做白工我無所謂不過這樣行不通是因為我跟她都會因此而不夠認真。

何況我有租金待繳又有兩個兒子得養，外加阿姆斯壯的咖啡和波本帳單得付。我拿了她四張五十元大鈔，告訴她我會竭盡所能讓她物超所值。

∞

寶拉·薇勞爾撞上人行道以後，十八分局一輛警車收到通報接下這個案子。車裡其中一個警察名叫古基克。當初還在警界時我並不認識他，不過離開之後我們倒是碰過面。我不喜歡這人而且我想他對我也沒感覺，不過這人還算誠實，能力看來也不差。隔早我打電話找到他，提議請他吃午餐。

我們在五十六街一家義大利餐館碰頭。他點了小牛肉配青椒以及兩杯紅酒。我雖不餓但還是勉強吃下一小片牛排。

他嚼著小牛肉一邊說：「小妹妹，嗄？我跟她談過話，你知道。這女孩兒白白淨淨好漂亮，一個不小心還真會給她迷死哩。說什麼也不肯相信姐姐是自我了斷。我問她是不是天主教徒因為有可能是信仰問題不過她說不是（譯註：天主教有個誡命是不允許信徒自殺，否則萬劫不復）。總之碰上神父的話，他們肯定要編個說法。這批人可是一流的律師哩，媽的有兩千年的實戰經驗，腦袋不靈光都不行。我個人便是採取同樣態度。於是我就說啦：『聽著，你姐囤了各色藥物。搞不好她服了些藥喝了點酒又吸些大麻然後跑到窗口呼吸新鮮空氣。她難免有點頭昏也許就這麼個暈了去而且十之八九她到死都沒搞清楚是怎麼回事。』而且畢竟並沒有詐領保險金的問題啊，馬修，所以如果她打算認為是意外我可不想湊到她耳邊大叫是自殺。不過檔案是這麼說的就對了。」

「你已經結案了？」

「當然。這還用講嗎？」

「她覺得是謀殺。」

他點點頭。「講點新的吧。她說是那個麥克羅殺了她姐。麥克羅是姐姐的男友。問題出在姐姐表演空中特技的時候他是在五十三街和十二大道交口的一家夜店上班。」

「這你查證過了？」

他聳聳肩。「也不是滴水不漏啦。他進進出出的，有可能幹完好事又回去了，不過門的問題可就說不通了。」

「什麼門的問題？」

「她沒提麼？寶拉．薇勞爾的公寓有上鎖，門鏈也扣了。管理員開鎖讓我們進去不過我們還是得請他到地下室拿割鏈器把鏈子砍下才行。門鏈只能從裡頭門上，沒放下來的話門就只能打開幾吋，所以薇勞爾不是自個兒射出窗外就是塑膠人一把推了她出去然後門鏈也沒放下就呼溜穿過門縫逃之夭夭也（譯註：這名虛構的超人英雄誕生於美國一九四一年出版的警察漫畫第一集，他的身體可以隨意變成各種形狀）。」

「要不就是凶手根本沒離開公寓。」

「嗄？」

「管理員上來幫忙切斷門鏈以後你搜了公寓沒？」

「我們四處看過，當然。有一扇窗戶打開來，窗邊堆著好些衣服。你知道她是赤條條的下去吧？」

「嗯哼。」

「可沒有哪個魁梧大漢躲在灌木叢裡就是了——如果你是問這個的話。」

「你仔細搜過那兒了？」

「該做的都做了。」

「嗯哼。搜過床底下？」

「床貼著地。底下沒有空間爬進去。」

「衣櫃呢？」

他咕嚕吞口酒，重重放下杯子怒目看我。「媽的你是想講什麼鬼啊？難不成你有理由相信當初我們進去的時候公寓有人嗎？」

「我是在探索各種可能。」

「老天在上。你還當真相信有人會笨到把她推出去以後還窩在裡頭不成？我們衝到那樓的時候她八成已經在街上躺了十分鐘。如果真有人殺她——這可沒發生——不過如果真有這事，我們撞開門的時候他們應該已經呼嘯開往德州了吧，什麼鑽進衣櫃躲在外套後頭根本講不通嘛。」

「也許凶手不想走過門房。」

「可他還是有整棟樓的空間可以躲啊。畢竟那樓通共就只有前門安排了那麼個人當保全，請問他能保啥全呢？問題是，如果凶手躲在公寓裡，難保不會給我們看見吧？這下他要往哪逃呢？只能乖乖上絞架囉，先生。」

「問題是你們沒看見。」

「因為他人不在裡頭啊，而且如果我開始看見明明不在的小人兒四處晃的話，就是我該收拾東西走人的時候了。」

他話中有話，帶著挑釁意味。我是離開警界了，不過不是因為我看到小人兒。幾年前有個晚上我攔下一樁酒吧搶案然後追著殺掉酒保的兩人組到街上時，我有顆子彈打偏了，一個小女孩因此喪命。那之後我並沒有看見小人兒或者聽到什麼聲音，並不算有，不過我的確是離開了我的太太小孩辭去工作並且開始灌起更多更多的酒。然而就算我沒有誤殺艾提塔．里維拉，事情的發展或許還是會一樣。世事多變，萬物皆為芻狗。

「只是個想法罷了，」我說。「她的妹妹覺得是謀殺，所以我就想找個方法讓她這話說得通。」

「省省吧。」

「也許吧。只是不曉得她幹嘛自殺。」

「他們那種人還需要理由嗎？我跑進浴室，看見她的藥櫃塞得跟個藥局一模樣。興奮劑，鎮靜劑，這個劑那個劑。也許她已經吸得暈麻麻，以為自己可以飛。一絲不掛這就說得通了。你總不能穿著衣服飛吧。這點人人都曉得。」

我點點頭。「他們有在她體內找到藥物殘留嗎？」

「在她體——噁，老天，馬修。她可是往下掉了十七層樓而且速度飛快哪。」

「不到四秒。」

「啥？」

「沒什麼，」我說。我沒費事告訴他中學物理以及自由落體。「沒進行解剖嗎？」

「當然沒有。你又不是沒見過跳樓的人。你在警界也待了好些年，應該知道往下跌那麼遠會變成啥德行吧。你是想弄清楚狀況，因為搞不好她裡頭有顆子彈，不過誰想往裡頭看哪？死因是從高處墜落。檔案這麼說事實也是如此，拜託別問我她吸了毒沒或者有無懷孕等等因為媽的誰曉得而且媽的誰又在乎哪，對吧？」

「可你們怎麼知道就是她呢？」

「她妹妹認過屍。」

我搖搖頭。「我是說你們怎麼知道要上哪間公寓找？她一絲不掛所以身上不會有身分證明。門房也認屍了嗎？」

「開啥子玩笑啊？他躲得遠遠的，還挨到樓邊吐了好幾斤爛酒。他連自己的屁股都認不出哩。」

「那你們怎曉得她是誰？」

「看窗戶啊。」我看著他。「整棟樓就只有她的窗戶打開幾吋，馬修。何況她公寓的燈又亮著。所以很好認。」

「這我倒沒想到。」

「噯，是啊，當時我人在現場，我們抬頭往上看，瞧見有扇窗開著，裡頭燈也點著，所以我們首先就是上那兒瞧去。如果當時你人在的話，也會想到的。」

「或許吧。」

他喝完酒，對著手背優雅的打了個嗝。「是自殺，」他說。「就跟那個妹妹這麼說。」

「我會的。我進公寓看看可以吧？」

「薇勞爾的公寓嗎？我們沒上封條——如果你是這意思的話。你應該可以從管理員手上騙到鑰匙。」

「露絲．薇勞爾給了我鑰匙。」

「這不就結了。門上沒警方貼的封條。你想四處看看？」

「總得跟妹妹有個交代。」

「也是。搞不好你會找到遺書喲，當時我就找過。一旦找著那玩意，諸位親朋好友就都有了交代。如果可以由我決定的話，我會想辦法立個法明文規定：要自殺就得留遺書。」

「很難執行。」

「簡單之至，」他說。「不留遺書者，就得起死回生活下去。」他笑起來。「如此這般這夥人就會嘩啦啦寫不停啦。我打包票。」

8

門房還是先一天跟我講話的那個。他根本沒想到要問我的意圖。我搭電梯上樓，沿著長廊走到17G。露絲・薇勞爾給我的鑰匙打開門來。只有一個鎖。大樓就是這麼回事。只要有個門房，不管這人如何的不盡忠職守，住戶還是住得心安。沒有電梯的普通公寓少了看門人，眾位房客就算在門上多加三、四道鎖也還是會在門後住得膽顫心驚。

公寓有種未完成的氛圍，可以感覺到寶拉在那兒住了幾個月但卻一直沒把它當成家。拼花木地板上沒鋪地毯。牆上用紅膠帶黏了幾張沒裱框的海報當裝飾。公寓是L形的套房，L的底端擺了張貼地的床，四處散著報紙雜誌但並沒有書。我注意到有浮華世界以及搖滾雜誌還有時人雜誌跟村聲。

電視機是台小小的新力，棲坐在一個五斗櫃頂端。沒有音響，但有幾十張唱片，大半是古典樂，零星參雜了幾些民歌唱片如彼得・席吉和瓊拜亞以及戴夫・凡・朗克（Pete Seeger, Joan Baez, Dave Van Ronk）。新力電視旁邊的梳妝台上有塊長方形的無灰痕跡。

我翻找抽屜以及衣櫃。寶拉的衣服很多。我認出了幾套酒吧制服——或者該說我覺得我認出了。

有人把窗關上了。公寓有兩扇活動窗戶，一扇在寢區，一扇在客廳，不過臥室窗口前面一排沒動過的盆栽清楚顯示她是從另一扇窗落下的。我心想怎麼有人會費事關窗。想到要防雨吧，我看。滿合情理的。不過我懷疑這麼做其實沒什麼高深的理由，應該只是類似在屍體臉上蓋條布的反射動作罷了。

我走到浴室。凶手有可能藏在淋浴間——如果有凶手的話。

我怎麼還是假設有凶手呢？

我翻找醫藥櫃。裡頭擺著小小的管裝瓶裝化妝品，但比起床頭櫃那一大排只是小陣仗。另外還可看到阿斯匹靈以及其他各種頭痛藥，一管抗生素藥膏、一些處方藥以及花粉熱成藥、一紙盒ＯＫ繃、一捲膠帶、一盒紗布。幾盒棉花棒、一支髮刷、幾把梳子。一支插在托架的牙刷。

淋浴間的地板沒有足跡。當然他有可能光腳。或者他也許是離開前放了水沖掉痕跡。

我跨步走去檢查窗台。我沒問古基克有沒有撒粉採集指紋，因為我很清楚沒人費事採證。換做是我，也不會多此一舉。看著窗台於事無補。我把窗戶打開約莫呎寬探出頭，不過俯看的暈眩感教我極度不適，我又立刻縮回頭。但我沒關窗。這房間需要一點對流。

房裡有四張摺椅。兩張摺著靠牆邊，一張挨著床一張倚著窗。是寶藍色的抗高壓塑膠製品。窗邊那張的上頭堆著衣物。我翻了翻。她刻意把衣服堆上椅子但沒有費事摺好。

自殺者的心態沒人猜得透。這人舉槍炸開自己腦袋以前還先穿上燕尾服，那人則是把衣服脫個精光。我赤身來到人世也將赤身離開（譯註：舊約聖經約伯記中的經文），之類的意思吧。

一件裙子。那下頭是條褲襪。然後是襯衫，下面是薄墊胸罩。我把衣物歸回原位，覺得自己彷彿褻瀆了死者。

床沒有鋪。我坐在床沿越過房間看著一張米基．傑格的海報。我不知道自己在那兒坐了多久。十分鐘吧，也許。

出門的路上我檢視起門鏈。進門的時候我根本沒注意到：鏈子已被平整切開，一半還鬥在門上的托槽，另一半則懸在門框上的固定座。我關上門將兩半接好，然後又放手讓它們落下。之後我再次把它們的切口對準。我把托槽那頭的鏈條抽下，走向浴室找到膠帶。我走回門邊，撕下膠帶把鏈條黏合起來。然後我踏出門外，試圖從外面門上鏈條，不過我只要稍微施壓膠帶立刻滑開。

我再次進門，研究門鏈。我心想自己的行為委實不可理喻，寶拉．薇勞爾應該是自行跳出窗口。我再次看看窗台。薄薄一層的煤灰什麼訊息也沒透露。紐約的空氣污髒，幾個小時就可以累積出煤灰，就算窗子關上也一樣。煤灰不代表什麼。

我看著椅子上那堆衣物，然後再次看看門鏈。我搭電梯到地下室，找著一名不知是管理員或是他助手的男子。我開口要借螺絲起子。他遞了個瑪瑙色塑膠把手的長起子給我。他沒問我是誰，也沒問我要這東西幹嘛。

我回到寶拉．薇勞爾的公寓，把兩頭的鏈子分別從托槽和固定座取下。我離開大樓，繞過轉角走到第九大道的一家五金行。他們的門鏈選擇很多，但我只要我拿下來的那種，所以我得沿著第九大道一路走到五十街問過五家店之後才找著我要的那種。

回到寶拉的公寓後我把新的鏈條裝上，用的是原來那條的固定座。我拿管理員的起子上緊螺絲，然後站在走廊把弄門鏈。我的手挺大而且不怎麼巧，不過連我都有辦法從公寓外頭把鏈子扣上拿下。

不知道當初是誰安裝的，是寶拉或者她前任的房客還是大樓哪個員工，不過那條門鏈保全的功能差不多就等同於汽車旅館馬桶座上的衛生護罩。單憑它來證明寶拉跳出窗外時沒有旁人隨侍在側，呃，只怕是癡人在說瞎話。

我把原來的門鏈裝上，將新的那條放進我的口袋，然後再搭電梯還起子。男人收回了工具好似頗為驚訝。

∞

我花了幾小時才找到凱力・麥克羅。我得知他是在西村一家叫蜘蛛網的俱樂部擔任夜間酒保。我五點左右抵達那裡。酒吧後頭的男人手腕虬結下巴戽斗，而且並不是凱力・麥克羅。「他八點才上班，」他告訴我：「不過他今晚不當班。」我問我可以到哪兒去找麥克羅。「他下午有時候會來，不過今天沒來。至於你能上哪兒找他，這我可沒法說。」

很多人都沒法說，不過我終究還是找到一個可以說的。你大可離開警界，不過你的言談舉止可沒辦法不像警察，雖然在某些情況裡這是個阻礙，不過有些時候卻是助力。我在離蜘蛛網一條街的一家酒館找到一個男人，他已經學到功課，知道如果於己無損的話幫忙警察絕對錯不了。他給了我一個巴洛街的地址，告訴我該按哪個鈴。

我走到那棟樓，按了幾個不該按的鈴後，才有人開門放我進去。我不希望凱力知道我上門找他。我爬了兩段樓梯，來到照說是他住的公寓。樓下的鈴並沒有標註他的名字。那上頭什麼名字也沒有。

他的門傳來喧囂的搖滾樂。我在門前站了一會兒，然後往門上大力砰砰敲擊，好讓聲音蓋過電吉他。沒多久後音樂關小聲了。我再次砰敲那門，一個男聲問我是誰。

我說：「是警察，開門吧。」這麼說有違法之嫌不過應該不會惹禍上身。

「什麼事？」

「開門吧，麥克羅。」

「噢，老天在上，」他說。他的聲音聽來疲累不悅。「你到底是怎麼找到我的啊？給我一分鐘，行嗎？我要穿衣服。」

有時候他們這麼說是要往自動手槍裝彈匣。然後他們就會朝門板劈哩啪啦連發幾顆子彈，如果你還站在門後頭的話肯定中彈。不過他的聲音並沒有那種刮響，而且我也提不起足夠的焦慮閃開身。我把耳朵湊上門片，聽到裡頭傳出耳語。我聽不清他們在嘟囔什麼也摸不清跟他在一起的是哪款人。樂音轉小了，不過還是大到足以蓋住他們的談話。

門打開來。他長得高高瘦瘦，兩頰凹陷眉骨突起，一副憔悴倦怠的模樣。他應該是三十出頭而且看來也沒比這個年紀老多少，不過你可以感覺到再過十年他看來會再老個二十歲。如果他活到那麼久。他穿著補釘牛仔褲，T恤上絹印了蜘蛛網三個字。店招下頭畫了面蜘蛛網。一隻雄風凜凜的蜘蛛站在網底涎著笑臉，八隻手臂伸出兩隻在歡迎一隻踟躇的美眉蒼蠅。

他注意到我在注意他的T恤，擠出一抹笑。「我工作的地方，」他說。

「我曉得。」

「來客廳坐坐吧。小地方，不過好歹是個家。」

我跟著他進去，把門關上。房間約莫十五呎見方，裡頭沒有半件可以稱作家具的東西。地板一角擱了張床墊，沿著墊子擺放了兩個紙箱。音樂是從音響流洩出來的，轉盤、調音器以及兩個音箱沿著遠處的牆排成一列。牆右邊是一扇關著的門。依我判斷是引向浴室，而且另一頭有個女人。

「想來是寶拉的事吧，」他說。我點點頭。「我跟你們那夥人都講過了，」他說。「事發當時我根本不在現場。我最後一次看到她是她自殺前五六個小時。我在蜘蛛網當班，她進門後坐上吧台。我給了她幾杯酒喝然後她就走人。」

「而你是繼續值班。」

「直到打烊。凌晨三點過後不久我把每個人都踢出門，等我打掃乾淨把垃圾拿到街上鎖好門窗時，已經快四點了。然後我就到這兒來接桑妮，一起到五十三街的酒吧買醉。」

「你幾點到那兒的？」

「媽的我哪知道？我是戴了錶，但我可沒他媽的每分鐘都查時間。回到這裡應該花了五分鐘吧，然後桑妮和我就跳上計程車，坐到派西小店門口約莫要耗十分鐘。那是一家夜店，我跟你們的人全講過，拜託你們溝通一下媽的不要再來煩我了。」

「桑妮怎的不出來跟我談呢？」我朝浴室門點個頭。「也許時間她會記得比你清楚一些些。」

「桑妮？她沒多久前走了。」

「她不在浴室麼？」

「不在。浴室裡沒人。」

「不介意我過去看看吧？」

「有搜查令才行。」

我們彼此對看。我告訴他我覺得他應該是實話實說。他說他是真人不打誑語。我說我也感覺到了。

他說：「怎的盡找麻煩啊？我知道你們有各樣表格得填，可是拜託讓我喘口氣好嗎？她是自取性命，而且事發當時我根本不在現場。」

有可能在。幾個時間點都挺模糊，而且不管桑妮是何許人物，我有八成把握此人的時間感應該跟無尾熊不相上下。今天凌晨他若想抽出幾分鐘跑到五十七街把寶拉狠狠推出窗外，方法可是不一而足；不過加減算算說不太通何況我覺得他不像凶手。露絲的意思我明白，她說他有能耐犯下凶案我同意，不過我不覺得他有能耐犯下眼前這樁凶案。

我說：「你是什麼時候回到公寓的？」

「誰說我回去了？」

「你取走了你的衣物，凱力。」

「是昨天下午。天殺的，我總得穿衣服什麼的吧。」

「你們在那兒同居多久了？」

他閃爍其辭。「我也不算真的住在那裡。」

「那你到底是住在哪裡？」

「我也沒真在哪兒住過。我大半的東西都擺在寶拉住處而且大半時間我都跟她同住不過我們算不上真的同居。兩個人的個性都不穩定所以沒啥搞頭。總之，依寶拉那種生活方式，我們的關係也只能越走越遠。對我來說，她瘋得有點太過。」他的嘴拉出笑紋。「女人是得有點兒瘋味，」他說：「不過瘋過頭可就太麻煩了。」

噢，他是有可能殺了她。逼不得已的時候他誰都有可能殺掉——如果對方變成了一大包袱。不過如果他的殺法高明，技巧高超到懂得布置自殺疑雲，出了門還懂得門上門鏈，那他應該也懂得要找個滴水不漏的不在場證明。他這種人不像是可以同時工於心計可卻又漫不經心。

「所以你是回去那裡拿了你的東西。」

「對。」

「包括音響和唱片。」

「音響是我的。唱片呢，我可沒拿走民歌和古典樂垃圾因為那些都是寶拉買的。我只拿了我的唱片。」

「還有音響。」

「沒錯。」

「說來你有收據囉。」

「誰會留著那種廢物啊？」

「如果我說寶拉留著收據了呢？如果我說她把收據跟文件還有作廢的支票擱在一處呢？」

「你在唬我。」

「你確定？」

「不確定。不過如果你要那麼講，那我會說音響是她送我的禮物。你總不至於告我偷了音響，對吧？」

「那怎麼成？偷取死人財物可是行之久遠的神聖傳統。而且你還偷了她的藥，對吧？她的藥櫃原本塞得跟個藥鋪一樣，可我上門的時候頂多也只能找到頭痛丸兒。所以這會兒桑妮才會躲進浴室。如果我硬闖進去，那些美美的丸子就全要沖進馬桶。」

「你要那麼想是你的自由。」

「而且如果我想要的話，大可以申請了搜索令再回來。」

「就這意思。」

「看來我應該破門而入沖你個一顆藥丸也不留不過我還懶得耗這力氣呢。那是寶拉．薇勞爾的音響，想來應該值個好幾百。老兄你不是她的繼承人。拔下插頭把它包起來，麥克羅。我要帶走。」

「讓你拿走才怪。」

「我不拿走才怪。」

「除了閣下的屁股以外你啥都搬不走，討到搜索令以後再來。有話那時再講。」

「我不需要搜索令。」

「你不能——」

「我不是警察，不需要搜索令。我是偵探，麥克羅，私家偵探，露絲．薇勞爾雇了我，所以音響歸她。我不知道她要或不要，不過那是她的問題。她不會想要寶拉的藥丸所以你大可以留著自用或者送給女友。媽的你要塞進屁眼也不干我的事。不過那套音響我拿定了，逼不得已我可是會把你的骨頭拆掉，而且是邊笑邊拆。」

「你連警察的身分都沒有。」

「沒錯。」

「你根本沒有權限。」他的聲音滿載驚訝。「你原本說你是警察。」

「要告請便。」

「你不能拿走音響。你甚至不能待在這裡。」

「沒錯。」他搞得我全身發癢。我可以感覺到我的血在血管裡流。「我個頭比你大，」我說：「也比你悍，而且把你打得頭破血流我會覺得通體舒暢。我不喜歡你。你沒殺她對我造成了不便，因為總得有個凶手吧，如果可以把罪名安在你身上就好了，可你卻沒幹。拔掉插頭把音響包好讓我帶走，要不我可要打得你滿地找牙。」

這話我是當真而他也感應到了。他原本打算測測我的底線不過終究還是想通了。也許音響其實也沒那麼值錢。他拔插頭的時候，我把他的一箱衣物倒到地上，兩人合力把音響裝箱。我出門的時候他說他隨時都可以報警說我幹了什麼好事。

「我看你還是不要的好，」我說。

「你剛說有人殺了她。」

「對。」

「你只是鬼扯淡。」

「不對。」

「這話果然當真？」我點點頭。「她不是自殺？依警察的說法，我還以為已經定案了哩。有趣。說起來，這樣子我倒是比較心安。」

「怎麼說？」

他聳聳肩。「我原以為，你知道，她是因為我倆的問題才走絕路的。當晚她到蜘蛛網的時候氣氛好僵——如果你懂我意思的話。我們的關係越來越淡，我跟桑妮交往而她也有了其他男人，所以我原以為也許是因為那樣她才想不開。原先我還在怪我自己，之類的。」

「看得出來你的身心飽受煎熬。」

「我只說了我有負擔。」

我沒搭話。

「見鬼了，」他說：「什麼身心煎熬。搞到那種地步的話就只有死路一條。」

我把紙箱扛上肩，一路走下樓梯。

∞

露絲・薇勞爾給了我一個歐文廣場的地址還有葛瑪西公園五區的電話。我撥打這個號碼可是沒人接，所以我就走到哈德遜河叫了輛朝北開的計程車。旅館櫃臺沒有我的留言。我把寶拉的音響放進我的房間，再次試了露絲的號碼，然後走到十八分局。古基克已經下班了不過櫃臺職員告訴我可以試試轉角一家餐廳，我在那兒看到他跟另一名警察波爾邦在喝海尼根。我加入他們的行列幫自己點了杯波本也為他們倆再點一輪。

我說：「我想請你幫個忙。希望你能把寶拉・薇勞爾的公寓封起來。」

「這個案子已經收了，」古基克提醒我。

「我曉得，死者的音響也給她的男友收了。」我告訴他我是怎麼跟凱力・麥克羅要回機器的。「我在幫寶拉的妹妹露絲調查。最少最少我也該確保屬於她的東西不要外流吧。現在她還沒有心情清理公寓，而且房租要到十月一號才到期。麥克羅有那兒的鑰匙，而且天曉得還有多少人也都有。你得往門上貼張封條，才能擋住盜墓人上門。」

「那就這麼辦吧。明天行嗎？」

「今晚會比較好。」

「那兒有什麼好偷的？你已經拿走音響，裡頭應該沒什麼寶物了吧。」

「東西總有紀念價值。」

他覷眼看我，皺皺眉。「我打個電話，」他說。他走到後頭的隔間。我跟波爾邦閒聊，直到他回來告訴我已經交代好了。

我說：「我還有個疑問。當初你們應該有個攝影師在場吧——幫屍體拍照等等。」

「當然。那是例行公事。」

「他也順便去了公寓嗎？拍下室內狀況什麼的？」

「有啊。怎麼了？」

「我想也許我該看看照片。」

「為什麼？」

「這種事很難講。我之所以知道寶拉的音響在麥克羅的公寓是因為我在她蒙了灰的梳妝台上看到原本機器擺在上頭的痕跡。如果你有當初的室內照的話，或許我還可以追查別的失竊物品，幫我的客戶跟麥克羅討回公道。」

「你想看照片就為這個麼？」

「沒錯。」

他瞪我一眼。「公寓的門是從裡頭閂起來的，馬修。上了鏈子噯。」

「我知道。」

「而且我們進去的時候，公寓沒人。」

「這我也曉得。」

「你還是想要無中生有，對吧？老天在上，案子都結了，而結案是因為女孩神智不清自己跳了樓。沒事你幹嘛興風作浪？」

「沒有啦。我只是想看看照片。」

「看有沒有人偷了她的避孕器什麼的。」

「之類。」我喝光剩下的酒。「反正你也需要一頂新帽子，古基克。天氣變了，像你這樣的人總得有頂帽子過秋吧。」

「如果我有錢買帽子的話，搞不好我就會出門買一頂去。」

「包在我身上，」我說。

他點點頭，於是我便告訴波爾邦我們馬上回來。我和古基克繞過轉角走到十八街。路上我塞了兩張十元一張五元給他，通共二十五，也就是警察術語裡的帽子價錢。他把錢收好。

他抽出寶拉．薇勞爾的檔案時，我等在他的桌子旁邊。約莫有一打黑白照，八乘十吋高反差的光面照。大概有一半是以各種角度拍的寶拉屍體。我對這些照片沒興趣，不過我還是勉強看了，算是提醒我不要忘記接這案子所為何來。

其他的照片是她L形公寓的室內照。我注意到大開的窗戶、擱著音響的梳妝台、胡亂堆放著她的衣物的椅子。我把室內照和屍照分開來，告訴古基克照片我要保留一段時間。他不介意。

他歪著頭看我。「有線索了嗎，馬修？」

「還不值一提。」

「如果發現什麼，我會想聽。」

「沒問題。」

「你喜歡現在過的生活嗎？當私家偵探，四處奔波？」

「跟我好像滿搭的。」

這話他想了想，點點頭。然後他便起身走向樓梯，我則尾隨在後。

∞

那天晚上我總算聯絡到露絲．薇勞爾。我把音響塞進計程車，帶到她的住處。她住的棕石建築離葛瑪西公園一個半街區，保養良好。她公寓的裝潢不貴，不過看得出家具擺飾都是精心挑選。這地方乾淨整潔，時鐘收音機轉到正在播放室內樂的調頻。她泡好咖啡，我接過一杯，一邊啜飲一邊告訴她我跟凱力．麥克羅要回音響的經過。

「我不確定你用不用得上，」我說：「不過他沒理由保留。反正用不上你也可以賣掉。」

「不，我會留下。我在十四街買的留聲機是二十塊的廉價品。寶拉的音響耗資好幾百哪。」她擠出一抹笑。「說來我雇你的錢還真是物超所值。是他殺了她嗎？」

「不是。」

「確定？」

我點點頭。「如果有誘因的話他會動手不過我覺得沒有。而且如果他是凶手，他就不可能拿走音響藥物，言談舉止也會不一樣。從頭到尾我都不覺得是他殺的。碰到這種狀況，直覺最為重要。一旦直覺下了結論，通常你就可以找到佐證的事實。」

「那你確定我姐是自殺囉？」

「不。我很肯定有人幫了她一把。」

她的眼睛瞪大。

我說：「直覺啦主要。不過是有幾個事實佐證。」我告訴她門鏈的事，警察便是根據門鏈判斷寶拉是自我了斷，不過我的實驗提出反證，因為鏈子可以從走廊門上去。露絲聽了這話頗為興奮，不過我解釋說實驗本身無法證明什麼，自殺的說法理論上還是可能成立。

然後我便讓她看了我跟古基克要到的照片。我選的照片秀出堆放寶拉衣物的椅子，窗戶只拍到小小一角。我不希望露絲看到窗戶。

「這張椅子，」我邊說邊指著：「我在你姐姐的公寓裡注意到它。我想找到當初拍的照片，好確定東西沒有被警察或者麥克羅或者哪個人動過。看來衣物一直沒有人碰。」

「我不懂。」

「我們是假設寶拉褪下衣服擺到椅子上，然後走到窗口跳下去。」她的嘴唇開始打顫，不過她控制得很好，所以我又繼續講下去。「要不她就是先前脫了衣服，之後也許跑去沖澡或者小睡，然後才走到窗口跳樓。不過你看這張椅子。她沒把衣物折疊整齊，也沒收好。不過她也不是隨手把它們丟到地板。女人脫衣服的方式我不是權威，不過這樣做的人應該不多吧我想。」

露絲點點頭。她的臉陷入沉思。

「這本身其實並不代表什麼。如果她情緒不好或者吸了毒或者滿肚子心事，那她有可能是邊脫邊把衣服丟上椅子。不過事實並非如此。衣物的排列順序通通不對。胸罩壓在襯衫底下，褲襪壓在裙子下頭。她是剝了襯衫以後才褪胸罩不用說，所以胸罩應該在襯衫上頭才對，而不是下面。」

「當然。」

我抬起一隻手。「這算不上證據，露絲。還有其他好幾種可能。也許她是不小心把衣服弄到地板然後撿起來，所以順序才會亂掉。也許哪個警察在攝影師拎著相機上樓以前就撥弄過衣物。總之這算不上有力證據。」

「不過你覺得她是遇害。」

「嗯，我覺得應該是。」

「我一逕就這麼認為。而且我有我的理由。」

「也許我也有吧。不知道。」

「下一步你打算怎麼做？」

「我打算四處訪查一下。寶拉的生活我不太清楚。如果想查出凶手，我對她的生活得有更多了解。不過案子要不要辦下去，還是得由你決定。」

「當然要辦下去。我絕不可能放棄。」

「問題是也許查不出真相。搞不好她是因為跟麥克羅談過以後心情大壞，隨便找個陌生人帶回家上床然後他把她殺掉。如果碰到那種情況，凶手永遠不可能找到。」

「你不會放棄，對吧？」

「我是想辦下去。」

「不過會有點複雜。你還得再花些時間。想來你還需要更多開銷。」她的眼神非常直接。「我給了你兩百，另外還有三百塊餘錢可以給你。這錢我付得起，史卡德先生，前頭那兩百已經是……已經物超所值了對吧——那台音響。等這三百塊用光了，呃，就請你再告訴我你覺得值不值得繼續查下去。我目前沒辦法付你更多現金，不過以後應該可以籌出錢。」

我搖搖頭。「總額不會高過那個，」我說：「不管我得花費多少時間。三百塊目前你還是留著，好嗎？以後再跟你拿吧。如果我需要的話，如果我值得的話。」

「感覺不太公平。」

「我覺得很公平，」我說。「而且請不要誤以為我是在做慈善。」

「不過你的時間很寶貴。」

我搖搖頭。「對我來說不會。」

∞

我花了其後五天的時間把寶拉·薇勞爾生命裡結的痂一個個剝下來。一個個都證明只是浪費時間，不過時間總在你發現浪費掉之前就已經過去了。而我說我的時間並不寶貴也是實話。我沒有更好的事待做，探索寶拉世界的角落則讓我有事可做。

她生命牽扯到不只是第九大道的一家酒館以及五十七街的一間公寓，不只是端送飲料以及和凱力・麥克羅共享睡鋪。她也做了其他事情。她每個禮拜去一次西七十九街的團體治療。她每個禮拜二早上到阿姆斯特丹街上美聲課。她有個偶爾會面的前任男友。她晃蕩的場所還包括附近的酒館以及東村幾家。她做這個她做那個，她來這裡她去那裡，我保持忙碌把自己拖到城裡的東西南北和各類各樣的人談話，想辦法得知不少有關她這個人的事以及有關她過的生活，但卻對把她放到人行道的那個人一無所知。

在這同時，我也試圖追索出她生命中最後一夜的行蹤。顯然她在阿姆斯壯輪完班後多少算是直接就去了蜘蛛網。也許她先回公寓沖了澡或者換衣服，不過她沒耽擱多少時間便往市中心出發了。她約莫十點離開蜘蛛網，我查出她是從那裡跑到其他兩家東村的酒館。兩家她都沒有久坐，快快喝了一兩杯就走人。有印象的人都說她是單獨離開的。這點並不代表什麼，因為她可能是在街上釣了個人，而這點就我所知是她年輕生命中不止做過一次的事情。她有可能在某個街角看到正在晃蕩的凶手，也或許是打電話約了對方在她的公寓碰頭。

她的公寓。門房是半夜交班，但根本無從判斷她是在換班之前或者之後回家的。她在那兒住，她是房客，所以她進出大樓並不會引起特別注意。她每天晚上都有進有出，所以她最後一次回家時，門口的守衛並沒有理由知道那是最後一次，所以也沒有理由會牢記在心。

她有沒有帶個男人進門呢？兩個門房都不確定，所以她有可能是單獨回去的。如果有人作陪，她進門時總會比較矚目。不過這點並不代表什麼。因為有天晚上我特意站在五十七街的另一頭觀察對街她那棟樓的大門時，發現這位門房並不像午間那位一樣對自己的職務備感自豪。他離開大門的次數跟他站在那裡的次數幾乎不相上下。就算她給六名土耳其水手架進門，也有可能沒人看見。

她跳窗而出時的值班門房是個愛爾蘭人，雙眼炎紅兩手布滿肝斑。他並沒有親眼看到她著陸。當時他在大廳躲避寒風，他是聽到街上一聲巨響才衝出門的。

她發出的那個聲響他還沒辦法排出記憶。

「啪個突然那麼一響，」他說。「晴天霹靂好大聲，應該是我的幻覺吧，不過我發誓我兩腳還真感覺到了。我發誓她還真是震到地底了。我根本摸不著腦，等我奪門而出這才看到，天老爺啊，她就在那裡。」

「你沒聽到尖叫嗎？」

「街上空蕩蕩的。總之這頭沒人。沒人看到所以沒人尖叫。」

「她一路掉下來難道也沒尖叫？」

「有人說她叫了嗎？我可沒聽到。」

從天而掉時人會大叫嗎？電影電視通常都是這麼播的。當初還在警界時，我看過幾次跳樓後的狀況，不過我抵達現場時，空氣中並沒有尖叫聲迴盪。另外幾回是我目睹我們的人勸導輕生者離開窗台，而且每一次的勸導都發揮了功效，所以我就不必看著落體依循物理定律以等加速度落下的狀況。

人有辦法在四秒之內迸出某款尖叫嗎？

我站在她當初落下的街面，抬頭看向她的窗戶。我默默數著四秒。我的腦子有個聲音在嘶叫。此時是禮拜四晚上，不，該說禮拜五早上。一點鐘。我該抬腳拐過轉角移行到阿姆斯壯了，因為再兩個小時賈斯汀就要關門打烊，我得醉到可以入睡的地步才行。

抵達阿姆斯壯酒館時，我已經把自己弄到堪稱鬱卒的地步。我跳過咖啡直接爬進波本瓶子，之後沒多久它便開始發揮它該發揮的功效。酒精模糊了我腦子的陰黑角落，好讓我看不到潛伏在那兒的壞東西。

崔娜輪完晚班後加入我的行列，我點了兩杯請她。我不記得我們講了什麼。我們聊到了寶拉．薇勞爾，但只是蜻蜓點水。崔娜對寶拉所知不多，她們的關係僅限於兩人每天輪班時重疊的兩個小時左右，不過寶拉過的那種日子她倒是略有體驗。她自己也曾度過一兩年和寶拉類似的生活。如今她對自己的生命多少已經可以掌控，說來寶拉或許也有希望成為自己的主人，不過這點我們永遠也無從知道。

我陪崔娜走回家時應該已經近三點了。我們的談話變得嚴肅內省。走在街上時，她說今晚很不適合獨處。我想到高窗以及暗處裡隱藏的惡形，便牽了她的手握住。

她住在第九和第十大道之間的五十六街。我們在五十七街等綠燈時，我看向寶拉的大樓。我們的距離遠到可以瞧見較高樓層。只有幾扇窗戶亮著燈。

我就是在那時候靈光乍現。

我向來搞不懂靈光怎會乍現，小小的看見卻能引發出重大的體認。答案彷彿輕易浮現。我有了解答，阻難打通，我裡頭的緊繃霎時鬆開。

我跟崔娜說了這種感覺。

「你知道是誰殺了她？」

「也不盡然，」我說：「不過我知道該怎麼查了。而且這事可以等到明天。」

號誌轉綠時我們過街。

∞

我走時她還在睡。我下了床靜靜穿上衣服，自行離開她的公寓。我在火焰餐廳喝了些咖啡吃了個烤鬆餅，然後我便過街走到寶拉的大樓。我從十樓開始一路爬，每層樓都停下來查訪三或四間公寓。許多人都不在家，我一口氣巡到頂層的二十四樓，任務完成後我的筆記本已經列出三個可能人選，以及十幾間當晚還得訪查的公寓。

晚間八點半我按了21G公寓的門鈴。21G就在寶拉公寓的正上方，隔了四段樓梯。應門的男人身穿里斯燈芯絨褲，襯衫是白底藍直紋。他踩著雙深藍襪子，沒有穿鞋。

我說：「我想找你談談寶拉・薇勞爾。」

他的臉垮下來。登時我便把三名候選人忘到九霄雲外，因為他已然當選。他站在那裡不動。我推開門踏上前去，他自動退後讓我入內。我把門在身後關上，繞過他走向窗口。窗台上沒有半點塵埃或者煤灰。一塵不染，洗得乾乾淨淨一如馬克白夫人的手〔譯註：莎劇《馬克白》中，馬克白夫人因為殺人過多拚命洗手〕。

我轉身向他。他名叫連恩‧波曼杜，年紀約莫四十，腰圍漸形寬廣，暗髮的頂端漸形稀薄。他的眼鏡厚重，很難透過鏡片讀到他的眼睛不過無所謂。我不需要看到他的眼睛。

「她是從這扇窗戶出去的，」我說。「對吧？」

「我不懂你在講什麼。」

「你想知道我是怎麼靈光乍現的嗎，波曼杜先生？我一直在想所有那些沒人注意到的事情。沒有人看見她走進大樓。兩個門房都不記得是因為沒啥好記得的。沒有人瞧見她跳窗。警察得找出哪扇窗是開的才知道媽的她是誰。他們是根據窗戶才查出身分來。

「而且也沒人瞧見凶手離開大樓。問題是這應該有人注意到，而且就是這點引起我好奇。單獨來看這點意義不大，不過我卻是因此才越挖越深。她的身體一扎到地面，門房馬上起了警覺。從那個時間點開始，他會記得所有進出的人。所以我才想到也許凶手還躲在大樓裡，然後我又想到她是被裡頭的住戶殺掉，這一來一切就都說得通而我只要找著你就行了。」

我跟他講起椅子上的衣服。「她並沒有脫下衣服往椅子堆。其實是凶手做的，他把衣物攏上椅子好讓人誤以為她是在自己的公寓脫衣服，所以應該也是從她自家的窗口跳出去。

「其實她是從你家窗口出去的，對吧？」

他看著我。一會兒之後他說他覺得他最好坐下來。他走到扶手椅坐下。我站著沒動。

我說：「她來到你這兒。我想她是脫了衣服，然後你就跟她上床。對吧？」

他猶疑著，然後點點頭。

「為什麼決定殺她？」

「我沒有。」

我看著他。他別開臉後又接住我的眼神，然後又移開視線。「請講，」我提議道。他轉開頭。一分鐘過去，他開了口。

大致跟我想的一樣。她和凱力·麥克羅同居，但跟連恩·波曼杜偶爾還是會上床搞一下。他是羅斯福醫院實驗室的技師，偶爾他會拿些藥回家，她被他吸引或許這是部分原因。凌晨兩點過後她跑去找他，兩人於是上床。她簡直嗨翻天了，他說，而他也吞下一些藥丸。這個習慣是他近日開始養成的——和她來往也許不無關係。

他們上了床，做了那檔子骯髒事。之後也許睡了一個鐘頭，之類的。然後她便醒過來開始發癲，歇斯底里搞得天下大亂，他想辦法要她靜下來，啪啪甩了她幾巴掌好叫她清醒，不過她沒有清醒，她跌跌晃晃絆上咖啡桌歪了身子倒下去，等他冷靜下來走向她時只見她躺在地上腦袋扭得個好詭異，於是他知道她是摔斷了脖子而且要找脈搏也找不著了。

「我腦裡只有一個念頭：她死在我的公寓而且滿肚子毒品，我慘了。」

「所以你就把她推出窗外。」

「我本來要揹她回她公寓的。我開始幫她套上衣服但怎麼也弄不好。何況就算她穿了衣服我也沒法冒險讓人在走廊或者電梯撞見吧，我的心好亂。

「所以我就先放下她不管跑去她的公寓，因為也許凱力可以幫忙。我按了鈴但沒人應，我拿出她的鑰匙可是門鏈擋著。然後我突然想到她一向習慣從外頭上閂。她讓我看過她是怎麼做的。這辦法我試過，不過我這兒的門鏈安裝正常，沒有足夠的空間可以如法炮製。總之我把她家的門鏈拉下了走進去。

「然後我便有了主意。我回到我家，拎了她的衣物衝回她那兒堆到椅子上。我拉開她家的窗戶，出門前先把燈捻亮才閂上鎖鏈。

「我回到我這兒，再次摸了她的脈搏。她一動不動是死了沒錯，我已經愛莫能助。我唯一能做的就是避開麻煩，所以我——我就熄了燈打開窗子把她的屍體拖過去，然後，噢，老天在上，天哪，我幾幾乎下不了手不過她的死本來就是意外我又怕得要死——」

「所以你就把她推出去然後關上窗。」他點點頭。「如果她的脖子斷了那也是發生在墜樓過程。而且不管她體內有什麼藥物，也是她自己服的，何況他們又根本不會進行解剖。所以你就可以全身而退。」

「我沒傷害她，」他說。「我只是保護自己。」

「這話你真信嗎，連恩？」

「什麼意思？」

「你不是醫生。也許你把她丟出去的時候她已經死了。也許沒有。」

「摸不到脈搏啊！」

「你找不到脈搏，那可不表示沒有。你試過人工呼吸嗎？你可知道她的腦子還在活動嗎？不，當然不知道。你只知道你想找脈搏但卻找不著。」

「她脖子斷了。」

「也許吧。請問你有過多少機會診斷摔斷的脖子啊？何況就算摔斷脖子還是有人活過來。問題就在，你無從判斷她死了沒，可你又太擔心自己死活所以才沒做你該做的事。你其實應該叫救護車的。你知道理當如此，而且當時你就知道，可你想要全身而退。我曉得有些毒蟲放著嗑藥過量的朋友不管只因為他們不想惹禍上身。你比他們高明一些。你為了自保把她推出窗外摔下二十一層樓。搞不好你放手的時候她還活著。」

「不，」他說。「不。她已經死了。」

我跟露絲．薇勞爾說過，到頭來或許她也只能抓著她想相信的不管什麼不放了。人們相信自己想要相信的。連恩．波曼杜也不例外。

「也許當時她已經死了，」我說。「搞不好那也是你的錯。」

「這是什麼意思？」

「你說你摑了她巴掌想把她打醒。怎麼個打法呢，連恩？」

「我只是往她臉上輕輕拍去。」
「單單甩個巴掌讓她恢復神智。」
「沒錯。」
「呸，才怪，連恩。天知道你的力道有多大？天知道搞不好你狠狠推了她一把？她可不是唯一一個吞了毒的。你說她嗨翻天了。噯，我看也許你自個兒也嗨了一下吧。你睡眼惺忪腦袋昏沉而她又嗡嗡嗡的在房裡飛跑搞得你快瘋掉，所以你就甩她巴掌猛推一把然後再甩個巴掌猛推一把然後——」
「沒有！」
「然後她就倒下去。」
「那是意外。」
「推託之詞。」
「我沒傷她。我喜歡她。她是好女孩，我們處得很好，我沒傷她，我——」
「穿鞋吧，連恩。」
「幹嘛？」
「我要帶你上警局。離這兒只有幾條街，一點也不遠。」
「我被捕了嗎？」
「我不是警察。」我沒透露我是誰，而他也一直沒想到要問。「我叫史卡德，受雇於寶拉的妹妹。想來你應該逃不掉制裁。我要你跟我去警局。那兒有個叫古基克的警察可以跟你談。」

「我什麼都不用講，」他說。他想了一下：「你不是警察。」

「沒錯。」

「我剛說的不算數。」他吸口氣，坐直了些。「你什麼也沒法證明，」他說。「根本不能。」

「也許可以喔。你搞不好在寶拉的公寓留下指紋。不久前我才請警察上了封條，也許他們會找到你的痕跡。我不知道寶拉有無在這兒留下指紋。你也許已經擦乾抹淨。不過總有哪個鄰居知道你跟她上床，而且當晚也許有人注意到你跑上跑下忙得很，搞不好還在她跳窗以前聽到你倆吵翻天。警察如果知道該找啥的話，連恩，他們通常都會查出真相。難的是知道該找什麼。

「不過重點其實不在這裡。穿好鞋子，連恩。這就對了。這會兒我們要找古基克去，沒錯就這名字，他會跟你說明你的權利。他會說你有權保持沉默，這話千真萬確，連恩，你是有那權利。而且如果你噤聲不語如果你找到個稱職的律師而且乖乖聽話我想你應該可以全身而退，連恩。我還真這麼想。」

「你幹嘛告訴我這些？」

「幹嘛？」我開始覺得又疲又累，不過我還是講下去。「因為保持沉默對你傷害最大，連恩。相信我，那樣最傷。如果你有腦子的話，你會把記得的事全告訴古基克。你會自動自發一股腦全供出來而且做完筆錄以後你還要唸它一遍簽上字。

「因為你不是天生的凶手，連恩。殺人於你並不容易。如果是凱力．麥克羅殺的，他會心安理得活下去。不過你可沒喪心病狂，當時你吞了毒處於半瘋狀態又怕得要死，你做錯了事悔恨交加。我今晚一走進這裡你的臉就垮下來。你是可以耍個手段逃過制裁，連恩，不過到頭來你會制裁自己。

「因為你住在高樓之上，連恩，離地面只有四秒鐘的距離。如果你掙開絞架你永遠沒法心安，你永遠無法對自己好好交代，然後某個白天或者某個晚上你會打開窗戶跳下去，連恩。你會記得她摔上街時發出什麼——」

「別！」

我抓起他的手臂。「走吧，」我說。「咱們去找古基克。」

給袋婦的一支蠟燭

那是個細瘦的年輕男子，身穿藍色細紋西裝，白襯衫的領口端整扣住。他眼鏡橢圓形的鏡片框著棕色玳瑁。他的頭髮是暗棕色，短但不至過短，梳理整齊分線在右側。我看到他走進門，看著他在吧台停腳詢問。那個禮拜輪到比利值午班。我看著他對年輕人點點頭，惺忪的睡眼甩往我的方向。那人走向我的桌子時，我垂下眼睛，看著眼前一杯摻了波本的咖啡。

「馬修．史卡德嗎？」我抬眼看他，點點頭。「我叫艾倫．克雷頓。我到你的旅館問過。櫃臺那人告訴我也許可以在這兒找到你。」

這裡是阿姆斯壯，一家繞過轉角便可以走到我五十七街旅館的酒吧。午餐的人潮已經退去，只除了前頭兩三個落單的人，他們的聲音已經開始因為酒精而濃濁。外頭的街上撒滿五月的陽光。嚴寒的冬日漫長難挨。記憶中沒有過這麼叫人歡迎的春天。

「我上禮拜打過幾次電話給你，史卡德先生。想來你沒收到留言。」

我是收到兩個留言，擱著沒理是因為不曉得對方是誰要幹什麼而且也不想花一文錢問出答案。不過我願意配合他的說法。「是家廉價旅館，」我說。「留言他們不見得處理。」

「我可以想像。呃，我們可以找個地方談嗎？」

「就在這兒談如何？」

他四下張望。想來他不習慣在酒吧談生意，不過顯然他已經決定要為我開個先例。他把公事包放在地上然後坐在我對面。新上工的早班女侍安琪拉疾走而來問他要點什麼。他瞥眼看看我的杯子說他也要咖啡。

「我是律師，」他說。我頭個念頭是他不像律師，不過我馬上想到他也許處理民事。我當過警察，和刑事律師共處的經驗頗多，此等族類可以分成幾種類型，而他全都不是。

我等著他講明想雇我的原因。不過我搞錯了。

「我正在處理某人的遺產，」他頓了一下，然後露出一抹似乎經過算計但卻友善的微笑。「我很樂於向你報告，你繼承了一筆小小的款項，史卡德先生。」

「有人留錢給我？」

「一千兩百塊。」

是誰走了呢？我早就跟所有親人失去聯絡。我的父母多年前過世，而我們跟家族其他人又從來不親。

我說：「是誰──？」

「瑪莉．艾麗絲．雷菲德。」

我大聲重複這個名字。似乎有點耳熟但我想不起瑪莉．艾麗絲．雷菲德是何方神聖。我看著艾倫·克雷頓。我看不清他眼鏡後頭的眼睛，他薄薄的嘴唇透出一抹淡淡的笑，像是我的反應並未出他所料。

「她死了？」

「約莫三個月以前。」

「我不認識她。」

「她認識你。你也許認識她，史卡德先生。你或許只是不知道她的名字。」他的笑容加深。安琪拉已經捧來他的咖啡。他往裡頭攪拌牛奶和糖，小心翼翼啜了一口，讚許的點點頭。「雷菲德小姐死於非命。」他說話的模樣像是在演練一句他不習慣講的話。「她於二月底遇害，作案手法殘酷而且原因不明——又多了個無辜的街頭冤魂。」

「她住紐約？」

「噢，對。就住附近。」

「而她也是在這一帶被殺？」

「在第九和第十大道之間的西五十五街。有人在小巷子裡發現屍體。凶手連續戳了她好幾刀，然後用她圈的圍巾把她勒死。」

二月底。瑪莉·艾麗絲·雷菲德。第九和第十大道之間的西五十五街。喪盡天良的凶手。戳刺勒頸，死在暗巷的女人。我通常都會記住命案，也許是殘留的職業病吧，也許是因為人類不人道的行為一直讓我訝詫。瑪莉·艾麗絲·雷菲德留了一千兩百塊遺產給我。而且有人拿刀刺她把她勒死，而且——

「噢，老天，」我說。「是那個袋婦。」

艾倫．克雷頓點點頭。

∞

紐約到處都是這種人。東區，西區，每個區都不缺它們專屬的袋婦。有些是酒鬼，不過大部分都不需酒精幫忙就瘋了。她們在街上浪遊，蹲聚在石階或者門口。她們在石頭上找到講道辭，在垃圾桶尋得寶藏〔譯註：語出莎劇《皆大歡喜》中被逐出宮廷而流浪於林間的公爵，他說遠離喧囂的官場，反倒領會出林木中的話語，淙淙溪水裡的文字，以及石頭上的講道辭——都是各盡其妙〕。她們自言自語，她們對著路人講話，還有對神。有時她們喃喃低語。有時她們尖聲嘶叫。

她們隨身攜帶家當，這些袋婦。購物袋是她們外號的由來，以及最明顯的共同標誌。她們大半似乎都有妄想症，而她們的瘋狂則讓她們深信自己的財物非常寶貴，敵人虎視眈眈必須嚴加防範。所以她們的購物袋永遠都不離視線。

中央車站曾經群聚過這樣一群袋婦。她們會守在候車室一夜不睡，時不時輪流拖著腳蹣跚走到洗手間。她們很少搭話然而某種群體直覺卻讓她們可以安然相處。不過她們並沒有安然到可以把自己寶貴的袋子託付給人保管，所以每一個可憐的瘋婦在來回於洗手間之時都會隨身扛著自家袋子。

瑪莉・艾麗絲・雷菲德也曾是個袋婦。我不知道她是什麼時候開始在這附近做起生意。我從紐約警局辭職並且離開妻小之後就一直住在這家旅館，說來也有好幾年了。雷菲德小姐這麼久以前就來到這帶了嗎？我想不起頭一次碰面時她是什麼模樣。她就跟附近的許多地景一樣，已經成了景觀的一部分。如果她的死亡不是那麼暴力且猝然，我也許永遠不會發現她已經不在。

我從來不知道她的名字。不過顯然她知道我的，而且也對我起了想要餽贈的感情。她怎麼會有錢可給呢？

她算是做過生意。通常她都坐在一只木製飲料箱上，周邊堆放著三、四個購物袋，賣報打發時間。五十七街和第八大道的交口有家全天營業的書報攤，她會去那裡買幾十份報紙，然後朝西走條街到第九大道的路口，蹲坐在人家門口做生意。她以零售價賣報，不過也許有人會給她幾分小費吧我想。我記得有幾次我拿一塊錢買報時也曾揮手表示無需找零。水上的糧（譯註：出自聖經舊約傳道書十一章一節，當將你的糧食撒在水面，因為日久必能得著），或許吧；如果她留錢給我是這原因。

我闔上眼睛，凝神喚出她的影像。是個身材厚實的女人，壯碩而非肥胖。五呎三、四。衣服寬鬆無型，不起眼的灰黑兩色罩袍，一層套一層隨著季節變化的衣物。我記得她有時會戴頂帽子，一只老舊的草帽，上頭插了紙花以及塑膠花之類。而且我還記得她的眼睛，無邪的藍色大眼，比起其餘的她要年輕許多許多歲。

瑪莉・艾麗絲・雷菲德。

8

「是家產，」艾倫．克雷頓正在說：「她沒什麼錢，不過她出身不錯。巴爾的摩一家銀行負責處理她的信託基金。她就是那裡人，巴爾的摩，不過她已經在紐約住得久到不知多少年。銀行倒是按月寄支票給她。錢不多，才幾百，不過她花不多。主要是付房租——」

「我還以為她以街頭為家。」

「不，她的房間設備齊全，就在離命案地點幾戶人家的街上。之前她是住第十大道的另一家宿舍，不過大樓出售以後她就搬到現址。差不多有六、七年了，從那之後直到死去那天，她都住在五十五街。她的房間月租八十，外加幾塊錢夥食費。剩下的錢不知她都怎麼處理。她房裡只找到一堆零錢，全塞在一只咖啡罐。我查過幾家銀行，沒找著存款記錄。想必是花光了或者搞丟或者送人了。她那人不太切合實際。」

「嗯，看來是這樣。」

他啜啜咖啡。「也許應該關到精神病院，」他說。「一般人都會這麼說吧我想，不過她在外頭的世界其實過得不錯，功能還算正常。我不曉得她洗不洗澡也不知道她的腦子怎麼運作不過她在外面應該比住病院來得快活。你說是嗎？」

「也許吧。」

「只是少了人身安全，看結果就知道——不過話說回來紐約的街頭任誰都有可能遇害。」他皺了皺眉，腦裡卡了個私密的念頭。然後他說：「她十年前來到我們事務所，當時我還不在那裡。」他告訴我他們公司的名稱——一長串盎格魯薩克遜的姓氏。「她想另立遺囑。原先的遺囑只是一份很簡單的文件，把所有財產都留給她妹妹。之後幾年她偶爾會過來加註幾個條文，另立款項留給不同的人。到她死的時候，她總共多了三十二個繼承人。有一筆是二十塊——留給我們還沒找到的一個叫約翰．強森的男人。其他款項少則五百多則兩千。」他笑起來。「公司要我負責找到所有繼承人。」

「她是什麼時候把我列進遺囑的？」

「前年四月。」

我試圖追想我是為她做了什麼，我的生命和她有過什麼交集。一片空白。

「當然是可以挑戰遺囑的正當性，史卡德先生。想質疑雷菲德女士的精神狀況其實並不困難，任何親屬都可以輕易達到目的。不過沒有人打算提出異議。她的總財產累計起來超過二十五萬美金。」

「這麼多啊。」

「沒錯。多年來雷菲德女士收到的錢遠比她的財產滋生的利息要少很多，所以一輩子下來累積了不少快速成長的本金。她追加的個別款項總額是三萬八，誤差約莫幾百，其餘的錢則都歸給雷菲德女士的妹妹。這個妹妹名叫帕爾瑪太太，先生過世兒女都大了。她目前住院是因為癌症和心血管疾病以及糖尿病的併發症吧我想，而且來日無多。她的小孩希望能在母親死前把遺產問題處理完畢，而他們在地方上的名聲也足以加快遺囑認證的腳步。我是受命要把所有附加的個別款項一一以支票給付，條件是收受人必須簽下具結書，聲明金額已經付清，兩造之間業已了結債務關係。」

接下來是一些有的沒的法律術語。然後他便給了我文件要我簽名，整個程序最後是以桌上的一張支票做結。收受人是我，金額為一千兩百元整。

我告訴克雷頓咖啡由我付錢。

∞

我還有時間再買杯酒，然後在銀行關門之前抵達窗口。瑪莉．艾麗絲．雷菲德的贈金我存了一些到活期帳戶有些則是提現，另外還寄了張匯票給安妮塔和兩個兒子。我回到旅館查問有無留言。沒有。我到麥高文喝了一杯，然後過街到寶莉酒吧再飲一杯。還不到五點，不過吧台已經是熱鬧滾滾。

這個晚上結果還頗為曲折。我在希臘館子吃了晚餐一邊閱讀郵報，之後則到五十八街的喬易．法羅小館晃蕩一陣，十點半左右又回到阿姆斯壯。當晚我在老位子獨自坐了一段時間，然後又到吧台找人閒聊。我刻意稀釋酒精的濃度，波本摻上咖啡，放慢喝的速度好撐久一點，時不時再穿插一杯白開水。

不過這種伎倆從來就行不通。如果你打算喝醉的話，最終總是會把自己灌醉。我一路擱在這裡那裡的障礙只是讓我清醒的時間拉長而已。凌晨兩點半時我已經達成我立意達成的目的。我已經喝滿我的配額可以回家睡掉酒力。

我十點醒來時，宿醉情況比我該領受的要輕，而且完全不記得離開阿姆斯壯以後發生了什麼。我躺在自己的房間自己床上。而且我的衣物也整整齊齊掛在櫃子裡——絕對是宿醉之後的好徵兆。說來我應該是身體健康精神正常。不過有一段時間卻不在記憶之內——抹除了，不見蹤影。

這事兒頭一回發生時我免不了憂心。不過這種事是可以慢慢習慣的。

8

問題出在錢身上，那一千兩百塊。我搞不懂那筆錢。我是平白拿到鈔票的。那是一位可憐的有錢的小老太太留給我的，而且她的名字我原本並不知道。

我一直沒想到要回掉這筆銀子。早在我開始任職警察時我就歸結出一條準則；有人把錢擺到你手上時，你要彎下手指蓋住鈔票放進口袋。這門功課我學得精通，而歷年來於應用過程中亦未曾發生過讓我心生悔意的狀況。我絕不攤出兩手在外晃蕩，也沒有收過毒品或者命案相關的錢，不過所有送上門來的乾淨賄款以及某些無法通過龜毛檢驗的金額我都曾入袋為安。如果瑪莉·艾麗絲覺得我值一千兩百美金的話，我又有什麼資格爭辯？

啊，然而結果卻行不通。因為不知怎的這筆錢搞得我坐立難安。

早餐之後，我走到聖保羅教堂。由於當時正在進行儀式，有位神父在做彌撒，所以我沒留下來。我走到五十三街的摩爾人聖班尼狄教堂，在後頭的長椅子上坐了幾分鐘。我去教堂是為了思考，我會嘗試，不過我的腦袋卻不太知道該往哪兒轉。

我把六張二十塊塞進濟貧箱。我捐出十分之一的收入一如聖經所說。這是我離開警局後養成的習慣，而且我還是搞不清自己幹嘛這麼做。天知道吧。要不也許祂也跟我一樣摸不著腦。不過這回這麼做還真是達到平衡作用：瑪莉・艾麗絲・雷菲德給了我一千兩百塊，原因叫人疑惑；而我把十分之一的佣金給了教堂，原因也是同樣難解。

我出門前停腳為幾個離世的人點上蠟燭。其中一支是給袋婦的。我看不出這對她會有什麼好處，不過同理我也想不出對她會有什麼壞處。

∞

那樁命案發生後我讀過一些相關報導。犯罪故事我通常都會注意。我裡頭有一部分顯然還是堅持著警察身分。這會兒我走向四十二街的圖書館想要擦亮我的記憶。

紐約時報的社會版登了兩篇相關的簡短報導，頭一篇敘述一位身分不明的女遊民慘遭殺害，第二篇透露了她的姓名年齡等資料。死時她四十七歲，我得知。這叫我驚訝，然後我才想到不管什麼數字其實都會叫我訝詫。遊民和袋婦是沒有年齡的。瑪莉・艾麗絲・雷菲德也許三十也許六十或在兩者之間都有可能。

日報登的一篇報導比時報來得詳盡，清楚算出刀戳了幾下——共計二十六下；並且描述了圈在她脖子上的圍巾——藍白相間，名家設計的圖案，不過邊沿破爛顯然來自垃圾桶。我記得這就是我先前唸過的報導。

不過郵報才真是拿了這個題目大做文章。當時正值該報的新任老闆上台，眾位編輯戮力以赴發掘人味——而這通常的意思就是性與暴力。女性遭到殘殺兼顧了這兩項議題，而她作風獨特又更添加不少風味。如果他們得知她是女繼承人的話，想必可以攻上三版，不過即便不知道，他們的報導也算是可圈可點。

他們頭一天登了篇直來直往的報導，只是略加裝飾提到血流多少她穿啥衣服以及她被人發現的那條巷子有啥垃圾等等。第二天的記者竭力賺取眼淚，訪問了該區住戶記錄下他們的感嘆以及哀傷。其中只有幾個人點出名字，叫人不得不心生疑惑：某些發人深省的精湛語句應屬記者虛構，然後安裝在沒有點名亦不存在的路人身上。另外有篇側寫假想會有一群又一群的袋婦慘遭相同命運，幸好結果證明此人純屬多慮。這名小丑自稱跑到西區各處採訪袋婦，詢問她們擔不擔心即將慘死刀下。希望他是信口胡說沒有真去騷擾袋婦。

總之事情便是到此為止。凶手沒再出擊，眾家報社於焉鳴鼓收兵停止報導。好消息可上不了報。

∞

我從圖書館走回家。天氣甚佳。風兒把天空所有亂七八糟的東西都吹跑了，所以頭頂上只見一片純藍。空氣中果真還有一些空氣，這是平日沒有的景況。我走在四十二街上往西行，走在百老匯大道上往北移，然後我便開始數算路上有多少街友——酒鬼瘋子以及無法歸類的遊民。踏上五十七街之前沒多久，我發現這類人口的比例大增。每個小區都有屬於自己的人類浮萍與渣滓，而春天就是他們的活躍期。冬天把其中某些人趕到南方把某些趕到收容所，另外還有一部分則死於暴寒，但當太陽曬暖人行道的時候，他們泰半就又回籠了。

我停腳在第八大道街口買報紙時，隨口把這名袋婦引進了我的談話。報販咋了個舌然後搖搖頭。「媽的誰想得到啊。媽的真是。」

「殺人確實沒道理。」

「媽的誰在講殺人啊。你知道她做了個啥嗎？你曉得艾迪吧，從半夜幫我顧店到早上八點的那個？有隻眼皮垂下來？其實賣報給她的不是他，是我才對。她通常都是午餐前後過來，先買個十五、二十份報紙，然後坐到下個街口那個木箱上頭賣起來，剩的她一定拿回來，我也會把錢全數退給她。」

「她都付你多少？」

「全額，而且她也用同樣的價錢賣哩。媽的，報紙我總不能打折吧，你也知道我們是薄利多銷。照規定是不能回收，不過收回來又礙著誰啦？依我說，這一來那個可憐的女人就有事可做啦。這下子她就跩起來囉，這下她可成了生意人啦，坐在那兒賣起一份她用兩毛五買來的報，賣價不多不少還是兩毛五，這哪賺得了錢啊，不過你知道嗎？她是個小富婆。過得比豬不如其實是個富婆哩。」

「聽說了。」

「她留了七百二給艾迪。這你信嗎？七百二十塊綠油油的鈔票哪，她立了遺囑給他，三個禮拜前有個律師約莫下午兩點跑了來，帶張支票哩。煩請某人簽收什麼的。這你信嗎？她跟他從來沒打過交道。我賣她報紙，我買回她的報紙。我這倒也不是在怨誰，我可沒想要那女人的錢喔，不過我倒是請問你：幹嘛給艾迪啊？他又不認識她。她知道他名字他都還不敢信呢，艾迪．哈樂藍。她怎個會留給他呢？他告訴那個律師，他說也許她心裡想的是旁的哪個艾迪．哈樂藍。愛爾蘭人叫這名字的還挺多，而我們這一帶的愛爾蘭人可多著呢。我心裡直嘟囔，艾迪啊笨哪，閉上嘴巴拿錢就好唄。不過還真是他沒錯，因為遺囑上就這麼說。上頭說賣報人艾迪．哈樂藍。所以應該錯不了，對吧？可幹嘛給艾迪呢？」

幹嘛給我呢？「也許她喜歡他笑起來的模樣啊。」

「嗳，也許吧。要不就是愛他梳的髮型。總之，錢進了他口袋。我擔心他會花錢買醉全喝光，可他說他絕對挺得住。他說他的牛仔褲擺的錢永遠都夠買一杯酒而且每條街都有一家酒吧，可他照樣可以過門不入，所以幹嘛擔心幾百塊會害了他哪？你知道嗎，說來那個肖婆子我還真想她。她跑我這兒來，瘋癲癲的帽子戴頭上，飄來飄去的眼睛茫茫的，買了疊報紙以後就大搖大擺走開去，之後又把剩報捧回來換現金，每次她走了以後我都要拿她來取笑，可我還真是想她呢。」

「我懂你意思。」

「她從來沒傷害過人，」他說。「一個人都沒傷過。」

∞

「瑪莉・艾麗絲・雷菲德。是啊，多處刀傷被勒斃。」他把一坨口香糖從嘴巴的一端移到另一端，把額頭上的一綹頭髮撥開，然後打個呵欠。「你得了什麼消息嗎，新的資訊？」

「沒有。我只是想知道你們知道什麼。」

「喔，是嗎？」

他繼續和口香糖奮鬥。這人名叫安德生，是十八分局的巡警。另一個警察，名叫古基克的警探，得知安德生給分派了雷菲德的案子，便不計麻煩的幫我倆牽了線。離開警界前我從沒聽說過安德生。他比我年輕，不過時下又有哪個人不年輕呢？

他說：「問題是，史卡德，我們已經擱下那件案子了。歸進了開放檔案。你也知道是怎麼回事吧——如果有新的資訊是很好，不過我們可不會為了它睡不著。」

「我只是想知道你們手頭有什麼。」

「嗳，眼下我的時間有點緊，如果你懂我意思的話。我的時間，我私人的時間，對我來說很寶貴。」

「這我了解。」

「看來是死者哪個親戚找你幫忙吧。想查明是誰對瑪莉表姐這等心狠手辣。你有興趣也是當然，因為這就有機會可以賺進幾把銀子囉。人嘛總要餬口，不管警察還是平民。大家都得有錢賺才行，是吧？」

嗯哼。我依稀彷彿記得以前我們講話都比較含蓄，不過也許只是因為我老了。我想到要告訴他我並沒有客戶不過他幹嘛信我呢？他又不認識我。如果沒有油水可揩，他又何必多事？所以我就說：「你曉得，再過兩個禮拜就是陣亡將士紀念日了。」

「是啊，我會跟退伍軍人買朵罌粟的（譯註：退伍軍人通常在五月底這個節日前後都會義賣象徵紀念之意的血紅罌粟花籌款幫助傷兵）。講個我不知道的吧。」

「紀念日一到，女人都要套上白鞋男人都要戴頂草帽。夏天轉眼就要來了，你可備有一頂嶄新的帽子呢安德生？想來你會需要一頂吧？」

「男人隨時都用得上一頂啊，」他說。

帽子是警察術語裡二十五塊的意思。等我離開分局時，安德生已經收下瑪莉．艾麗絲．雷菲德給我的遺產裡的兩張十元和一張五元，而我則坐擁該案所有的資料。

錢沒白花。這會兒我曉得凶器是把菜刀，刀刃約莫七吋半長。有一戳直入心臟，有可能造成立即死亡。無法判定勒頸是發生在死亡之前或者之後。這點其實應該不難判定——想來法醫並沒有浪費太多時間為她檢查，也或許是他不想為此貢獻心力。他們發現她時，她已經死了幾個鐘頭——估計約莫死於午夜，而屍體則是凌晨五點半才有人通報發現。說來她應該不至於腐化太多，因為那時還是冬天，不過有可能她的個人衛生做得不盡理想，而她又只是個無名袋婦而且你又無法讓她從死裡復活，所以何必在她惡臭的屍身上測這驗那的把自己搞得慘兮兮？

我還得知其他幾件事。房東太太的名字。下了班的那個酒保的名字——在鄰近一家夜店喝了睡前酒以後走路回家，然後剛好撞見屍體，當時他應該是酒醉（或者清醒）到願意不計麻煩通報警局。而且我也得知幾些注定要列入開放檔案的案子的那種無關痛癢的事實：幾條引向死胡同的不是線索的線索，幾名無所貢獻的目擊者，幾些以例行方式了結的例行公事。他們並沒有盡心盡力，安德生和他的夥伴，不過換了是我難道就會不一樣嗎？幹嘛為了追查明明不太可能查獲的凶手盡心盡力？

∞

SRO在戲院裡是好消息，意謂觀眾爆滿只剩站票（Standing Room Only）。可是一旦出了戲院，這個縮寫則搖身變成單人房的意思（Single Room Occupancy），所在位置通常是一家繁華落盡的破敗旅館或者公寓宿舍。

瑪莉．艾麗絲．雷菲德生命中的最後六、七年便是在老租約法下設立的宿舍度過的。該棟建築蓋於二十世紀初，六層樓高紅棕磚面，每層樓有四間公寓。如今所有這些小公寓都以如同慘遭瘋子胡亂切割選區般的方式給斬成單人房。每個樓層都有公浴，而且無需倚仗地圖即可找到。

經理是拉金女士。她藍色的眼睛已經失去大半顏色，而她有一半的頭髮則已由黑轉灰，不過她還是非常活潑可親。如果她投胎變成鳥的話，應該會是一隻鷦鷯。

她說：「唉，可憐的瑪莉。我們有哪一個活得心安是吧？街上全是怪物。我生在這一帶也會死在這裡，可老天拜託不要讓我死於非命吧。可憐的瑪莉，有人說應該把她關起來，可老天在上她沒問題，她活得很好啊。而且也按月收到支票準時付我房租哪。她有她自個兒的錢，你知道。她可不像那些我知道名字可不想明講的人那樣靠納稅人的錢過活。」

「我曉得。」

「你想看看她的房間麼？那之後我又租過兩次。頭一個是小夥子但他沒久住。瞧他模樣還行但他退租的時候我倒是挺慶幸。他說他是水手，走的時候說是又找到一艘船要跟去香港之類，不過我這兒租過好多水手可他走路一點也不像所以不知他是打著啥個鬼主意。後來我還有機會可以租它個十二次都不只可我沒有因為我才不想租給黑鬼或者西班牙仔哪。我對他們是沒意見不過我可不想讓他們住這裡。老闆跟我說，拉金女士他說，政府規定不論種族宗教膚色誰都不能拒絕，不過如果你想照自個兒的判斷租人我倒是不用知道。換句話說他也不要他們，他只是想找台階給自己下。」

「也是情非得已。」

「是啊，法令一大堆，不過我沒惹過麻煩。」她把食指抹上鼻沿。這個手勢時下已經不太多見。「兩個禮拜前我把瑪莉的房間租給一個挺好的女人，一個寡婦。這人愛喝啤酒，還真是愛，但那又怎樣啊？我緊盯著她而她也沒惹禍，所以如果偶爾她想來個一兩罐的話誰又管得著哪？」

她把她灰藍的眼睛定在我身上。「你愛喝酒，」她說。

「你聞到了嗎？」

「沒，不過全寫在你臉上啦。老拉金以前也好愛酒，有人說是酒毀了他不過男人總有權利過他想要的日子吧。何況他喝了酒以後也好好的，從來沒像我知道名字可不想明講的那些人，三字經什麼的狂罵毒打全來。不過雪帕太太這會兒不在。就是她租下可憐的瑪莉的房間哪，如果你想的話我這就帶你瞧去。」

於是我便看了房間。整理得井然有序。

「她保持的比可憐的瑪莉要乾淨，」拉金女士說。「說來瑪莉也不髒，你知道，不過她拉拉雜雜的東西太多。購物袋啊什麼有的沒的到處堆。她把這兒當倉儲呢，住了這麼些年房間從不打理你知道。我想幫忙鋪床她也硬是不讓所以我就乖乖讓它亂下去。畢竟她不拖欠房租也不惹事嘛。聽說她滿有錢的，你知道。」

「嗯，我知道。」

「她留了錢給四樓一個女的。比瑪莉小很多哪，是她遇害前三個月才搬來的，我可不敢指著天發誓她跟瑪莉講過半句話，不過瑪莉留給她差不多一千塊呢。說起來，住在大廳旁邊的克萊小姐可比瑪莉還早搬來而且兩個老小姐都是以禮相待。克萊小姐得靠救濟金過活，能多個幾文錢對她還真是不無小補，可瑪莉偏偏把錢留給史東小姐不給她。」她抬起眉毛一副不解狀。「克萊小姐是沒講話，不過天曉得她有沒有暗暗嘀咕著瑪莉怎的沒在遺囑提起她。而史東小姐哪則是說她實在搞不懂。她還真是摸不著腦哩。依我說啊誰又摸得清可憐的瑪莉哪，她的兩隻腳從來沒踩在地上過。腦子昏糊，成天瘋瘋癲癲的，誰又說得出她在想什麼？」

「我可以跟史東小姐談談嗎？」

「那要看她願不願意啊，不過她去上班還沒回來。她下午打零工賺錢。這位小姐口風緊得很，從來不說她做啥營生，我倒也不是說她沒這權利啦。總之這人行事端正是真的。我們這兒可是正當營業。」

「那當然。」

「全是單人房而且租金不貴所以你很清楚這裡不是麗池酒店，不過我們的房客都很檢點，而且我也盡可能保持乾淨。說來每層樓都只有一間浴室，確實有點不方便。不過我們是正當營業。」

「是。」

「可憐的瑪莉。怎的有人會想殺她哪？是強姦嗎，你可曉得？很難想像有人想要她，那個老東西，不過把自己擺進瘋子的腦子去想還真會把自己搞瘋哩。她有被侵害到嗎？」

「沒有。」

「那就只是殺了她囉。噢，老天垂憐。七年來我給了她這麼個家。當然這是我份內的工作，我可沒說我在做慈善。不過這麼多年來她住我這裡可我一直跟她不熟，和她那樣的老可憐是不可能熟起來的，不過我習慣她了。你懂我意思吧？」

「我想我懂。」

「我習慣有她在這兒。我跟她說哈囉還有早安還有今天天氣真好可她連看都不看我，不過就算碰到那種時候她總還是個可以講話的熟面孔。這會兒她走了而我們全都老了，不是嗎？」

「可不是。」

「可憐的老東西。怎麼有人下得了手，你倒是告訴我好嗎？怎麼有人殺得下手啊？」

我不覺得她在等我回答。也好。因為我沒有答案。

∞

晚餐過後，我又回到那兒跟珍妮薇．史東聊了幾分鐘。她搞不懂雷菲德小姐為什麼留錢給她。她收到了八百八十塊錢而且滿心歡喜因為她還真是用得上，不過整件事卻搞得她一頭霧水。「我跟她幾乎不認識，」她說了不下一次。「我不斷在想我該拿這個錢做點事，但是該做什麼才好呢？」

當晚我在眾家酒吧晃蕩，不過我不像前一晚那麼迫切需要飲酒。我有能力自制也清楚知道隔天醒來我的記憶還能保持完整。四處遊走之際我於午夜過後不久順道走訪了那家書報攤和艾迪．哈樂藍閒聊一陣。他氣色不錯而我也如實相告。三年前他為希德做事時的模樣我還記得。當時他神經兮兮而且老在打抖，不管朝哪兒看眼珠子都要斜到一邊。但現在他的神態卻透出自信，而且看來年輕好幾歲。他並沒有完全恢復，有一部分的他也許永遠都回不來了。想來在他決心斬斷酒根以前，他就已經給酒毀掉大半了。

我們談到那名袋婦。他說：「這事你知道我怎麼想嗎？有人在掃街。」

「我不懂。」

「清潔大隊上路啦。幾年前啊馬修，有過那麼一幫小毛頭，他們找到個新的花樣玩。拎著汽油桶跑到包厘街（譯註：Bowery是紐約一條遊民群集的街道），抓個流浪漢澆下去，然後點上火柴燒了他。這你還記得吧？」

「嗯，記得。」

「那些毛頭小子還自認是愛國分子哩。覺得理當得個獎章什麼呢。他們是為民除害，把醉鬼遊民清走。馬修你也曉得啊，遊民就像過街老鼠。北邊那棟雙子星大樓，他們暖氣系統的通風口不是裝了柵欄嗎？你還記得冬天有人在那兒睡覺吧——熱烘烘的好舒服又不收錢，所以每晚都有兩、三個人過去打打盹兒取個暖。記得嗎？」

「噯。可後來給圍起來了。」

「沒錯。因為租戶抱怨連連。其實也沒礙著他們，只是當地幾些遊民跑去睡覺嘛，不過那些個公司都付了高額租金，他們出入大樓時可不想瞧見遊民。雖說遊民都睡外頭不會干擾別人，不過主要是他們覺得有礙觀瞻你知道，所以房東只好花錢架了個鐵籬圍住暖氣口。天殺的有夠醜，而且唯一的功用只是擋掉遊民，不過目的正是在此啊。」

「人哪人。」

他搖搖頭，轉身賣了份日報和賽馬新聞給路人。然後他說：「說來我以前就是遊民呢，馬修。我還真是淪落得可以哩。你也許不知道有多慘。我慘到住上了包厘街。我在那兒沿街乞討，裹著衣服跑到人家門口或者路邊的板凳睡覺。看到了你準會想說，這種人是在等死。這話還真沒錯。不過有些人回頭了。可你說不準哪些人會回頭哪些會直直落。我沒給人倒桶汽油放把火燒掉還真是走運呢，耶穌基督。」

「那個袋婦——」

「你會看著個遊民然後暗自想說：『搞不好我也有這麼一天，還是別想的好。』要不你就是看著個袋婦心想：『淪落到這種地步我鐵定瘋掉所以還是趕緊把她弄走為妙。』另外也有人長著納粹腦袋。你知道，把這些個殘廢瘋子還有智障小孩什麼的通通給我拖去打針一了百了吧，莎喲娜拉拜拜。」

「你覺得凶手是這心態？」

「還會有什麼原因呢？」

「不過不管那人是誰，他可沒再犯案，艾迪。」

他皺起眉頭。「沒道理啊，」他說。「搞不好他幹了這票以後隔天就給第九大道的巴士撞倒，這叫惡有惡報。要不就是他給嚇到了。血流如注完全出他意料。或者他跑到外地去了。諸如此類的事情都有可能發生。」

「有道理。」

「不會有旁的原因對吧？她被殺就是因為她是袋婦，對吧？」

「誰知道呢。」

「噯，老天在上，馬修。殺她倒是會有其他什麼原因呢？」

艾倫．克雷頓服務的律師事務所位在熨斗大廈的七樓。除了四名合夥人以外，還有十一名律師的名字也寫在毛玻璃門上頭。艾倫．克雷頓名列倒數第二。嗯，畢竟他還年輕。

他看到我頗為驚訝。我開口表明來意後，他表示這不太尋常。

「應該都是公開資訊，對吧？」

「呃，沒錯，」他說。「亦即你可以查問。但並不表示我們有義務提供給你。」

有那麼一忽忽，我還以為我又回到十八分局而且有個警察正在催我繳付一頂帽子錢。不過克雷頓有所保留是因為道德考量。我想要一份瑪莉．艾麗絲．雷菲德的受益人名單，外加他們各自收到的金額，以及列入遺囑的日期。但他不確定他是否有責任為他們保密。

「我是很想幫忙，」他說。「不過也許你先告訴我你的目的何在會比較好。」

「這我也不確定。」

「嗄？」

「我不曉得名單會有什麼幫助。我當過警察，克雷頓先生。目前我是非正式執業的偵探。我沒有執照不過我會幫人忙，結果倒也都能賺到一筆小錢維持溫飽。」

他的眼睛露出戒心。我猜他是在猜我打算如何藉由這份名單撈到油水。

「我憑空得來一千二。給我錢的女人我不認識而且她其實也不清楚我是誰。我百思不解老覺得我拿到這錢應該有個好理由。我覺得這是一筆預付款。」

「預付來幹嘛？」

「幫忙找出凶手。」

「噢，」他說。「噢——」

「我不會把繼承人找來質疑遺囑的正當性——如果你是擔心這點的話。而且我也不認為是哪個受益人謀財害命。因為她沒透露過她把誰納入遺囑——她從來沒跟我或者兩名和我談過的受益人提起。何況，這樁命案的動機與錢無關。手法是刻意的殘忍。」

「那你為什麼想知道其他受益人的身分？」

「不知道。也許跟我的警察訓練有點關係吧。總要先找到特定線索找出具體事實，然後循線追查才有機會撒下大網。不過這只是原因之一。另外就是我想對這女人有更進一步的了解。說來，也許實際上我也只能要求這麼多了。因為查出真凶的機會看來很渺茫。」

「警方好像沒什麼斬獲。」

我點點頭。「應該沒有太努力吧。而且他們也不曉得她留了遺產。我跟辦案的一名警察談過，他如果曉得的話應該會告訴我。她的檔案沒提。我猜他們是想等凶手再幹幾票掌握到更多資訊才要辦下去。這種案子通常都會發了瘋樣的不斷重複。」我眼睛闔上一會兒，想抓住某個飄忽的想法。「不過他沒有重複，」我說。「所以他們就把案子擱在一邊涼快，最後是乾脆丟進垃圾桶當做沒看見。」

「警察運作的方式我不清楚。我主要是處理遺產以及基金事宜。」他試了要笑。「我的客戶大半都壽終正寢。謀殺是例外。」

「謀殺原本就不是常態。搞不好我永遠查不出真相。其實我也沒抱什麼希望啦。媽的凶手看來就是殺了她然後回歸常軌，何況又是幾個月以前的事了。搞不好是哪艘船的水手大醉一場抓了狂這會兒已經跑到澳門或者太子港。沒有目擊者沒有線索沒有嫌犯而且所有的痕跡這會兒都已經過期三個月。凶手搞不好連他做了什麼都記不得。很多命案都是在一片黑時發生的，你曉得。」

「一片黑？」他皺起眉頭。「你是說在黑暗裡？」

「爛醉以後一片黑。不少囚犯是酒後開槍殺了老婆或者好友。這會兒他們是在為一件不復記憶的事情關上十幾二十年甚至一輩子。」

這個說法驚到他了，他看來突然變得好年輕。「嚇人嘛，」他說。「真是不可思議。」

「沒錯。」

「我原本考慮要走刑事。我叔叔傑克極力反對。他說到時候我不是餓死，就是得耗盡心力協助慣犯打擊司法系統。他說要靠刑案賺大錢只能來這套，會把自己搞得灰頭土臉而且沒有永生的盼望。明星級的刑事律師當然也有，眾人耳熟能詳的當紅炸子雞，不過其他百分之九十九的人都會落到傑克叔叔所說的下場。」

「這我同意，沒錯。」

「看來我是做了正確決定。」他摘下眼鏡，檢視一番，決定鏡片還算乾淨，然後又戴回去。「有時候我不太肯定，」他說。「有時候我會納悶。名單我會給你。其實我應該先找人討論一下確定這樣沒問題，不過我看還是省省吧。律師你也清楚。請教的結果他們多半都是想都不想立刻否決。因為一動不如一靜，要你乖乖待在原地不動最安全，保證不會因為給錯了忠告惹麻煩——說來我這是越界了。其實大半時候我都熱愛我的工作，也以我的職業為榮。噯，這要花上幾分鐘，等的時間喝點咖啡吧？」

他的秘書端了杯咖啡給我，沒加糖沒奶精。也沒加波本。我喝完以後，他已經準備好名單。

「如果我還能幫上別的——」

我說我會告訴他。他陪我出門走向電梯，等著籠子呼嘯而上，然後握握我的手。我看著他轉身走回辦公室，我覺得他好像寧可跟著我走。再過一兩天他就會回心轉意，不過這會兒他對自己的工作好像不甚熱中。

∞

其後一個禮拜帶來了意外的轉折。我先是照著艾倫．克雷頓給我的名單一個個找去，心裡明白這麼做基本上是漫無目的，不過還是執迷不悟幹下去。

名單上有三十二個名字。我劃掉自己的名字和艾迪．哈樂藍以及珍妮薇．史東。另外我也把住在紐約市外的六個人名打了叉。然後我便開始朝剩下的二十三個人進攻。克雷頓已經幫我做好大半功課，多數的名字都有地址配對。三十二條附錄當初加註上去的日期他都寫下了，於是我便可以按照反轉的時間順序一個個登門造訪——先從新近登榜的受益人下手。如果這也算是個方法的話，其中還真是無理可循，因為這套作業運作的原則是新上榜的人最有可能謀財害命，但我其實已經認定了這樁案子與錢無關。

呃，反正我也沒旁的事好做，何況這一來我也有機會進行幾些有趣的對話。說來如果瑪莉・艾麗絲・雷菲德點選入榜的人可以歸類的話，我的腦袋可沒靈光到能夠分辨。他們的年齡、種族背景、性別還有性傾向，以及經濟地位，全都不一樣。大部分人都和艾迪和珍妮薇和我一樣，摸不清袋婦何以如此大方，不過偶爾還是有人把原因歸給自己的某次善行。比方就有這麼個叫做傑瑞・福嘉的年輕男子對此深信不疑。這位名符其實的耶穌狂曾經給過瑪莉幾張傳單以及「放亮腦袋及早得救」的胸針——想必是別在他襯衫口袋的那只的孿生兄弟。看來她是把他的禮物放進她的購物袋了。

「我告訴她耶穌愛她，」他說：「我為耶穌贏得了她的靈魂。所以她當然心存感激。當將糧食撒在水面上，史卡德先生。馬修弟兄。你曉得耶穌的門徒就有一個叫做馬修（譯註：Matthew馬修的名字中文聖經譯為馬太，亦即馬太福音的作者）。」

「我知道。」

他告訴我耶穌愛我，說我應該放亮腦袋及早得救，我想了辦法不拿胸針不過他硬是塞了幾份傳單給我。我沒有購物袋在身所以只好塞進口袋，兩個晚上以後我上床之前讀了一讀。雖說傳單沒為耶穌贏得我的靈魂不過誰知道呢。

我沒有找到所有人。一個個都不太好找而我也沒有急呼呼的非找著不可。這不是那種案子。其實呢這根本不是個案子，只是執迷，而且當然也沒必要去跟時鐘賽跑。或者日曆。而且說起來啊，或許我也不想把單子上的人全都找著吧。一旦大功告成，我就得想個旁的點子查緝命案，天殺的我知道怎麼開始那才真見鬼了。

而在我如此這般進行之時，一件怪事發生了。話傳開來，說我正在偵察這件命案，於是左鄰右舍大夥兒全對瑪莉・艾麗絲・雷菲德起了興趣。他們一個個跑來找我，顯然是有資訊提供或者有理論要發表，不過這些個資訊、理論好像全都是空穴來風，於是我便慢慢開始了解到它們只是聊天前的暖身。有的人會開口說他在瑪莉遇害的前一天下午看到她在賣郵報，之後便可巧妙的打開話題談起這名袋婦或者所有袋婦或者本地的生活品質，或者美國境內的暴力，或者其他不管什麼。

許多人開口聊起袋婦，跟著便拐個彎談起自己。我想大部分的談話應該均屬此類。

一名羅斯福醫院的護士說她每次看到袋婦，心裡都會冒出個聲音在說若非上帝垂憐。而和她一樣承認擔心難逃同樣下場的女人也不在少數。想來這是所有獨居女人的惡夢吧，一如醉鬼的眼前老是浮現著包厘街遊民的落魄身影。

珍妮薇・史東有個晚上出現在阿姆斯壯酒吧。我們約略聊了聊瑪莉。兩個晚上以後她又過來了，然後我們便輪流花起遺產點來一杯杯黃湯。午夜過後不久她有點不勝酒力決定是該走人的時候。我說我可以送她回家。走到五十七街的轉角時她停下腳說：「我的房裡不許有男人。拉金太太的規定。」

「老古板。」

「她經營的可是正當場所。」她誇張的模仿起房東太太的愛爾蘭土腔。她那雙在路燈之下難以解讀的眼睛抬起來迎向我。「帶我上別處去吧。」

我把她帶到我的旅館——一個沒有拉金太太經營的那麼正當的場所。我倆雖然無法互惠倒也無害就是，何況這總比獨守空閨來得好。

∞

之後有個晚上我在寶莉酒吧碰到巴瑞．摩斯戴。他告訴我羊皮手套有個歌手要唱一首關於袋婦的歌。「我可以幫你問問怎麼聯絡到他，」他表示。

「他現在在那裡嗎？」

他點點頭，看看錶。「再過十五分鐘就要上場。不過你可不想去那裡，對吧？」

「怎麼說？」

「不對你的味啊，馬修。」

「警察需要包容心。」

「話是沒錯，而且他們上哪兒都受歡迎是吧？不介意的話，等我喝完這杯我陪你去。因為你需要我的不道德支持〔譯註：原文為 my immoral support，英文常講 moral support 意謂精神支持，此處將 moral 改為 immoral 意思則變成不道德支持〕。」

羊皮手套是第九大道西五十六街的一家同性戀酒吧。室內裝潢走的是有點過頭的酷兒解放路線。有個小小的表演台、幾張散放的桌子、一架鋼琴、一具吵鬧的點唱機。巴瑞・摩斯戴和我站在吧台旁邊。我以前來過這裡，知道這裡的咖啡不能點。我叫來一杯純波本。巴瑞的波本加了冰塊淋了汽水。

我們喝到一半時哥登・羅瑞上台了。他穿著緊身牛仔褲和一件花襯衫，坐在台上一張摺椅上，唱著自己譜寫的歌謠以吉他伴奏。我不知道他寫的曲子好不好。聽來好像每條歌都是同個調調，不過也許只是風格類似罷了。我這人沒什麼音樂細胞。

唱完一條阿姆斯特丹的夏季戀曲以後，哥登・羅瑞宣布下一首歌是為了紀念瑪莉・艾麗絲・雷菲德譜寫的。然後他便開口唱起來：

她是個購物袋婦她住在
百老匯的人行道上
穿著她所有的衣服扛著她的年紀
在她背上
將死去的夢裝在老舊的紙袋背在身上
翻撿垃圾尋找某樣她
遺失在百老匯的東西——

購物袋婦……

沒有人知道但她曾是
百老匯的演員
唱誦他們塞在她腦袋
的字句
背誦她過往生命的台詞
風靡她的粉絲和她的友人以及她的
愛人在百老匯上——
購物袋婦……

惡魔的影子潛藏在
心智的角落以及百老匯的暗巷
在惡兆和預言以及
異象出現過後
她開始遺忘她不再背誦她的
台詞

將她的生命綁上鍊子牽著它浪遊

在百老匯上——

購物袋婦……

之後還有幾句歌詞，歌裡的袋婦結果在某條暗巷遇害，至死都捍衛著「她從百老匯垃圾桶尋來的破舊寶藏」。這條歌頗受青睞，唱完後全場回報的掌聲比前面的幾首來得熱烈。

我問巴瑞，哥登．羅瑞是誰。

「我跟你一樣所知不多，」他說。「他是禮拜二開始登台的。我個人覺得他還滿有特色——倒不是出色，但也不至於沒有顏色。」

「瑪莉．艾麗絲根本沒在百老匯待過吧。我每次看到她，都是在第九大道方圓一里之內。」

「此乃所謂藝術家的特權是也。如果把百老匯換成第九大道，這條歌就會少了那麼點什麼吧。不過經他的魔棒一揮，聽起來還真有點〈萊茵石牛仔〉〔譯註：這是葛倫坎伯唱紅的一首歌〕的味道呢。」

「羅瑞住這附近嗎？」

「我不知道他住哪裡。我覺得此人應是來自加拿大——當今多少人都是啊。想當年他們可是稀有動物，可現下他們好像無所不在。我打賭這是病毒傳染。」我們繼續聽著哥登．羅瑞的演唱。然後巴瑞便往前一靠跟酒保攀談起來問他後台的路我該怎麼走。我一路摸到羊皮手套所謂的化妝室去——看來上輩子是女洗手間。

我走進去時心想我已經有了突破，哥登・羅瑞便是凶手而這會兒他是藉著唱她的歌來處理良心譴責。其實我覺得我也不是真有此意，不過這倒是為我提供了方向以及動力。

我告訴他我的名字，說我對他的表演頗感興趣。他想知道我是不是唱片公司派來的星探。「請問我是否即將展開大好前程？經過多年的寒窗苦練我這就要一夕成名天下知了嗎？」

我們相偕踏出小房間，穿過側門走出俱樂部。行經三家店面之後我們坐在一家咖啡館的雅座。他點了份希臘沙拉，我們都叫來咖啡。

我說我滿欣賞他那首袋婦的歌。

他眼睛發亮。「噢，你喜歡是吧？我個人覺得那是我最棒的歌。幾天前做好的。我週二晚才在羊皮手套開唱呢。我是三個禮拜以前來到紐約，在西村簽了兩週的合約。店名叫大衛的家。你聽過嗎？」

「應該沒有。」

「酷兒動線的另一家同志店是也。不知是紐約沒有異性戀呢，抑或這類人口不上夜店。總之我在那兒表演了兩個禮拜，然後就到羊皮手套開唱，當晚下了台我跟幾個人坐著喝酒大夥便聊起那位袋婦，幾杯義大利好酒下肚以後聽得我還真是滿懷感傷。我禮拜三一早起床頭痛欲裂，這首歌的頭一句歌詞竟然蹦進我發疼的腦袋，我馬上坐起身子寫下來，才寫一句下一句就冒出來，沒幾下六句歌詞就全有影了。」他掏出一根菸，點菸之際頓了一下定眼看起我來。「你剛說了名字，」他說：「不過我忘了。」

「馬修・史卡德。」

「嗯。你就是在查她命案的人。」

「查這個字好像不太精確。我是找了些人談過，看能尋出什麼蛛絲馬跡。她死前你就知道這人嗎？」

他搖搖頭。「我以前根本沒來過這帶。唉喲，我該不會給當成嫌犯吧？因為我打從去年秋天就不在紐約。我還沒費事算出她死的時候我人在哪裡，不過聖誕節我是在加州過的，三月初呢則往東移到了芝加哥，所以我的不在場證明應該算是滴水不漏。」

「我也沒真懷疑過你。其實我只是想聽聽你的歌。」我啜口咖啡。「她的生平你是怎麼知道的？她當過演員嗎？」

「應該沒有吧。有嗎？那歌其實也沒真在講她，你知道。只是她的故事引發的靈感，可我並不認識她，她的事我不清楚。不過這幾天我一直在注意紐約的袋婦。還有其他遊民。」

「我懂。」

「紐約到底是遊民特多呢，還是他們在這兒特別顯眼？加州每個人都開車，街上根本沒人。我是加拿大來的，安大略省的鄉下，而我頭一個待了段時間的城市則是多倫多，那兒的街上瘋子也是有的不過跟紐約可不能比。到底是這個城市會把人逼瘋，還是瘋子很容易被它吸引？」

「不知道哪。」

「也許他們沒瘋吧。也許他們只是聽到了個不一樣的鼓手〔譯註：英文有句成語是邁向不一樣的鼓手march

to a different drummer，意謂特立獨行）。不曉得是誰殺了她。」

「也許永遠沒有答案。」

「我其實比較納悶她為什麼被殺。我的歌編了個原因。說是有人想搶她的袋子。在歌裡是行得通，不過真相應該不一樣。怎麼會有人想殺那個可憐人呢？」

「不知道。」

「聽說她留了錢給一些人。她幾乎不認識的人。這話是真的嗎？」我點點頭。「而她留給我的是一首歌。我甚至不覺得是我寫的呢。我一覺醒來歌就出現了。我從來沒見過她但她卻碰觸到我的生命。想想還真奇怪，是吧？」

8

所有的事都好奇怪。而這當中最奇怪的便是結局。

那是個禮拜一晚上。大都會球隊在席亞體育館比賽，我先前已經帶了兩個兒子去看過一場。當晚道奇隊連打三場對抗賽，結果橫掃大都會大獲全勝——符合他們最近勢如破竹的表現。兒子們和我看到他們把對方的投手馬拉克打爆，然後又連連安打把所有後援挫得慘兮兮。最後的比數好像是13比4之類。我們一直坐到全場淨空。然後我就把他們送回家去再搭火車返回城裡。

如此這般我抵達阿姆斯壯時已經過了午夜。崔娜沒等我點就送來大號的雙份波本以及一杯咖啡。我灌下一半波本把剩下的全倒進咖啡，她一邊跟我說著早先有人來找我。「兩個鐘頭就來了三次，」她說。「瘦桿桿的個男人，前額老高，刷子眉毛，鬥牛狗的下巴。有個詞兒叫孱斗是吧。」

「挺好的詞兒。」

「我說了你遲早都會過來。」

「就這話沒錯。遲早會來。」

「嗯哼。你還好吧，馬修？」

「大都會小輸一場。」

「我聽說是13比4。」

「依他們最近的水準來看這就叫做小輸。他說了要幹嘛嗎？」

沒說，不過半小時不到他又來了，而我則在現場等著被找。他一踏進門，我就根據崔娜的描述認出來了。他看來似乎有點眼熟，不過我不認識這人。也許在這附近見過吧。

顯然他認得我的臉，因為他沒問路就走向我這桌，沒受邀就拉了把椅子坐下來。好一會兒他都沒開口，我也是。我面前又擺了杯波本咖啡，我啜了一口覷眼看他。

這人不到三十。臉頰凹陷，臉皮子如同烘乾後縮起來的皮革樣給扯過頭骨。他套了件林綠色的休閒衫，穿件卡其褲。這人需要刮鬍子。

終於他指指我的杯子問我在喝什麼。我跟他講了以後他說他只喝啤酒。

「他們這兒有啤酒，」我說。

「我看還是點你喝的好了。」他扭頭招手叫來崔娜。她過來以後他說他想點波本咖啡，跟我一樣。她把飲料端來以前他一句話也沒吭。然後，等他花了不少時間攪拌飲料以後，他啜了一口。

「嗯，」他說：「不難喝嘛。還可以。」

「很高興你喜歡。」

「也許以後不會再點了，不過至少這會兒我已經知道味道。」

「也算小有斬獲。」

「我在這附近看過你，馬修．史卡德。你當過警察，這會兒是私探啊喂喲什麼的。對吧？」

「還算接近。」

「我名叫福落德。從來不愛這名字不過我又能怎樣，對吧？我是可以改名不過我想騙誰啊，對吧？」

「如果你這麼說的話。」

「如果我不說別人會說。福落德．卡普，這是我的全名。我剛沒提我的姓，對吧？這就是了，福落德．卡普。」

「好吧。」

「好吧，好吧，好吧。」他嘟起了嘴唇，吹起無聲的口哨放出氣。「這會兒我們該怎麼著，馬修？嗄？我想知道答案。」

「我不懂你是什麼意思，福落德。」

「噢，你懂我是想怎樣，想幹嘛，想做啥吧。你知道嘛，對吧？」

搞成這樣我想我已經知道了。

「我殺了那個老太太。要了她的命，拿了我那把刀戳死她。」他閃出一抹最最悲傷的微笑。「拿她自己的嗚喂嗚喂圍巾嘰咿嘰咿絞死她。我把她架上她自個兒的那叫啥玩意兒的是petard對吧。petard是啥玩意兒啊，馬修〔譯註：英文有句成語hoist with one's own petard，字面的意思是架起砲彈轟人反而轟死自己，引伸為害人反害己的意思〕？」

「我不知道，福落德。你為什麼殺她？」

他看著我，他看著他的咖啡，他又看著我。

他說：「不得已。」

「為什麼？」

「跟波本咖啡一樣。非得看到才行。非得嚐一嚐知道滋味才行。」他的眼睛迎上我的。那雙眼睛好大，空蕩蕩的。我覺得我彷彿可以穿透它們直接看到他頭骨底層的那團黑。「我沒辦法不想著殺人、殺人，」他說。他的聲音現在比較清醒了，調侃的味道消失了。「我試過。可我就是辦不到。這個念頭卡在我腦裡硬是不肯走，我真怕自己幹下好事。我沒辦法正常運作。我無法思考，我整天只看得到鮮血和死亡。我不敢闔上眼睛，因為不敢看到我會看到的東西。我整晚不睡，連著好幾好幾天，然後一闔上眼睛我就累到昏死過去。我不再吃飯。我本來還算壯實，可是體重後來卻直線下降。」

「這是什麼時候的事，福落德？」

「不知道。整個冬天吧。然後我就想著如果我不管三七二十一幹他那麼一票，我就可以知道自己是人是怪物還是什麼了。所以我就拿起這把刀，出外晃蕩了幾晚可我鼓不起勇氣，然後有天夜裡——這個部分我不想談。」

「行。」

「我差點下不了手，可我又非做不可，所以我就做了而且好像停不了手。真真恐怖。」

「你為什麼不停手？」

「不知道。應該是不敢停吧。聽來沒道理，對吧？我真的搞不懂。整個人瘋了像是掉進漩渦裡，像是跑進一部電影裡頭但又同時是觀眾。我在看著我自己。」

「沒有人目睹經過嗎？」

「沒有。我把刀丟進下水道。我回到家。我把所有的衣服都扔進焚化爐——我穿的那些。我不斷嘔吐。那一整晚我吐到胃都空了還在吐。乾嘔，乾嘔個不停。然後我想我就睡著了，我不知道是什麼時候是怎麼睡著的不過我就是睡了，第二天醒來以後我還以為只是做了個夢。不過當然不是。」

「嗯。」

「我只想到事情已經結束了。我幹了那件事，而且知道我再也不會犯。我是一時沖昏了頭我可以把它忘記。我原以為事情都會過去。」

「覺得你可以想辦法忘記？」

點了個頭。「不過想來我是沒忘。而現在每個人都在講她。瑪莉．艾麗絲．雷菲德，我殺了她卻不知道她名字。當初誰也不知道她的名字，可現在大家全曉得了而且一切都回到我的腦子裡。然後我又聽說你在找我，所以我就想著，想著……」他蹙起眉頭，如同狗在追找自己的尾巴一樣追著一個念頭跑。然後他放棄了，看著我。「所以我就來了，」他說。「所以我就來了。」

「是的。」

「然後呢？」

「我想你最好跟警察談談，福落德。」

「為什麼？」

「跟你告訴我的原因一樣。」

這話他想了想。過了許久他點點頭。「好吧，」他說。「這我可以接受。我再也不會殺人了。我知道。可是——你講的沒錯。我得告訴他們。我不知道該找誰該講什麼或者……媽的，我只是——」

「如果你願意的話，我陪你去。」

「好。我要你陪。」

「等我再喝一杯我們就走。你還要一杯嗎？」

「不了。我酒量不行。」

這回我沒加咖啡。崔娜端來酒後我問他是怎麼選定對象殺人。為什麼找上袋婦？

他哭了起來。沒有哽咽，只是淚水從他深陷的眼眶噴灑出來。一會兒之後他往袖子上抹乾眼淚。

「因為她不算數，」他說。「我原是這麼想。她是無名小卒。她死了也不會有人管吧？誰會想她呢？」他眼睛緊閉。「大家都在想她，」他說。「大家。」

之後我把他交給了警察。我不知道他們會怎麼處理。這不是我的問題。

這其實算不上一件案子，而我也沒真的破案。以我的角度來看，我什麼也沒做。是沸沸的人言把福落德．卡普揪出來的，而且毋庸置疑我對傳言的起跑是有一份助力，不過其中有些話語其實不需要我的參與也會傳開。瑪莉．艾麗絲．雷菲德分送的所有遺產讓她成了這一帶的耀眼曇花。是她分送的某一份遺產把我捲入其中。

也許是她揪出自己的凶手。也許是他揪出自己，正如所有的人一樣。也許沒有人是座孤島，而也許每個人都是。

我只知道我為一個女人點了根蠟燭，而且我覺得我不是唯一一個。

黎明的第一道曙光

所有這一切都是久遠以前的事了。

阿比．畢姆當時住在葛蘭西官邸，而且連他自己好像都不敢相信阿比．畢姆居然真的當上了紐約市長。阿里正處於事業顛峰，而尼克隊的布拉德利和狄博學則都還有一年左右的合約要履行。那時我還沒開始戒酒，當然——喝酒當時對我來說是僅有好處沒有壞處的蜜月期。

我已經離開我的妻子小孩，我西歐榭的家，以及紐約市警局。我住在西五十七街的旅館一如現在，而且大半的飲酒活動都在附近的阿姆斯壯酒吧進行。比利是晚間的酒保。一名叫丹尼斯的菲律賓男孩幾乎天天都站在吧台後頭。

而湯米．狄樂瑞則是其中一名常客。

他塊頭挺大，約莫六呎二，胸膛厚實，肚腩也挺飽滿。他很少穿西裝露面，不過一定穿上外套打領帶，通常是海軍藍或者酒紅色的運動外套搭配灰色法蘭絨長褲，天暖時配的則是白色休閒褲。他聲音宏亮，從圓滾滾的胸膛轟隆出來；刮得乾乾淨淨的臉龐上，噘起的嘴巴透出一抹天真，眼眶周圍的肌肉寫著世故。他約莫四十八九，喝起頂級的蘇格蘭威士忌絕不手軟。我記得是皇家芝華士，不過也許是黑牌約翰走路也不一定。不管酒名叫什麼，他的臉已經顯出證據：顴骨留下一片片永久的潮紅，鼻樑橫過一條條碎裂的微血管。

我們是酒友。每回撞見時雖然不一定講話，不過至少至少我們一定會點個頭擺個手承認對方的存在。他會講一籮筐的方言笑話而且講的還不只是普通的好，而我也會呵呵大笑表示我有聽懂。偶爾心情好時我會追憶起警界生涯，而當我的故事好笑的時候，他笑得也絕對不比別人少。

有時他是單獨露臉，有時則有男性友人作陪。約莫三分之一的時間，他身邊都伴隨著一名叫做凱若琳的金髮女郎，身材嬌小曲線玲瓏。「來自加羅林的凱若琳」是他偶爾引介她時的介紹詞，而她講話也的確帶著些微南方口音——不勝酒力之時，聽來更濃。

然後某天早上，我買來每日新聞，讀到一則報導說布魯克林灣脊區殖民路的一家民宅遭人搶劫。搶匪拿刀戳死當時在家的唯一一人，瑪格麗特．狄樂瑞。她的丈夫湯米．狄樂瑞是業務員，當時並不在家。

我一直不曉得湯米是業務員，或者他已經成家。他的無名指的確戴了個金戒指，不過顯而易見他的對象並不是加羅林來的凱若琳，而這會兒看來他則是成了鰥夫。模糊間我為他感到遺憾，模糊間我為我從沒聽過的那個妻子感到遺憾，不過一切僅此而已。那時我喝的酒夠多，任何情緒都不至於造成太大衝擊。

然後，兩三個晚上之後，我走進阿姆斯壯，一眼便看到了凱若琳。看來不像是在等他或者等誰，感覺上也不像才剛閒蕩進來。她獨自一人坐在吧台椅上，捧著個酒杯在喝某種暗色液體。

我找了個離她幾張椅子的地方坐下來。我點了兩杯雙份波本，喝了一杯，然後把另一杯倒進比利幫我端來的黑咖啡。我正啜著咖啡時，一個帶著皮埃蒙特高原柔美口音的聲音在說：「我忘了你的名字。」

我抬起頭來。

「我想我們應該給引介過，」她說：「不過我想不起你的名字。」

「馬修，」我說：「你講的沒錯，湯米引介過我們。你是凱若琳。」

「凱若琳・曲珊。你見到他沒？」

「湯米嗎？事發過後還沒見到。」

「我也沒有。你們——全都去了葬禮嗎？」

「沒有。什麼時候舉行的？」

「今天下午。我也沒去——那裡。你何不坐到我旁邊呢，免得我得用吼的。拜託？」

她在喝一種甜甜的杏仁酒，外加冰塊。嚐起來像甜點，不過力道不亞於威士忌。

「他叫我不要去，」她說。「葬禮。他說這是對死者的尊重。」她擎起酒杯瞪進裡頭。我從來搞不懂大家是打算在裡邊看到什麼，雖然這種舉措我也曾採取過不知多少次。

「尊重，」她說。「天曉得他知道什麼叫尊重？我還不就是一大夥同事裡的一個麼。我們都在唐納希公司上班。大家看我們還不就是朋友嗎？而且我們的確也一直只是朋友，你知道。」

「你說了算。」

「噢，老天，」她說。「我倒也不是說我沒跟他搞過，看在老天份上。我的意思是，我們只不過是混在一起玩鬧享樂而已。他結婚了而且每天晚上都回家找媽媽而我也無所謂，因為但凡頭殼正常的人都不會想在黎明的第一道曙光裡看到湯米．狄樂瑞對吧（譯註：美國國歌的開頭是——啊！你們能否在黎明的第一道曙光裡看到／我們於黃昏的最後一道光線中禮讚的榮耀。這裡的榮耀指的是美國國旗）？奶奶熊的，我這是在灑還在喝啊？」

我們都同意說，她的飲酒速度稍嫌快了點。紐約盡是這種甜酒垃圾，她聲稱，跟她從小喝到大的波本實在不能相提並論。波本是她貼心的老朋友。

我跟她說了我也是波本迷，她聽了頗感欣慰。友誼的滋生還有比這更薄弱的原因，而我們的原因則促成我倆雙雙步出阿姆斯壯，走到此街的另一家酒館共飲五分之一瓶的獨家波本——她的選擇——然後漫步四條街抵達她的寓所。我記得看到了刻意外露的磚牆、裹著稻草的瓶子裡插的蠟燭，還有幾張比利時國家航空的旅遊海報。

我們做了孤男寡女獨處一室時會做的事。我們灌下好些獨家波本然後上床。她發出不少熱心的噪響並且秀出不只幾招的嫻熟技巧，然後她哭了一會兒。

之後沒多久，她便倒頭睡去。我自己也累了，不過我還是穿上衣服把自己送回家去。因為有哪個頭殼正常的人會想在黎明的第一道曙光裡看到馬修．史卡德呢？

其後幾天，我每回走進阿姆斯壯時都想著我會不會跟她不期而遇，而每一次沒見到她我都是放心多於失望。我也沒碰到湯米，而這點帶給我的也是放心而絕非失望。

然後有一天早上，我拿起日報，讀到警方已經在夕陽公園逮捕到兩名該為狄樂瑞搶案負責的南美小孩。報紙登了張常見的那款照片——兩名瘦巴巴的毛頭小子頭髮亂蓬蓬，其中一個想躲開攝影機，另一個則臭著臉露出不屑神態；兩個人都給上了手銬押在一名肩膀寬闊臉色凝重身穿西裝的愛爾蘭男子旁邊。你不需要閱讀旁邊小心翼翼的說明就可以分辨誰是好人誰是壞人。

當天下午兩三點時，我到阿姆斯壯買個漢堡搭配啤酒。吧台後頭的電話響起來，丹尼斯放下他在擦的玻璃杯拿起話筒。「沒多久前還在，」他說。「我瞧瞧他走了沒。」他遮著話筒，一臉疑惑的看著我。「你人還在嗎？」他問。「還是在我一個不留神的時候跑掉了？」

「誰在問？」

「湯米．狄樂瑞。」

你永遠無法知道女人會決定告訴男人什麼，或者男人聽了以後會怎麼反應。我不想知道，不過從電話上聽到答案總比當面來得好。我點點頭，從丹尼斯手上接過電話。

我說：「馬修．史卡德，湯米。看到你老婆的新聞真是遺憾。」

「謝謝，馬修。天老爺，感覺好像是一年以前的事囉。其實才多久啊，一個禮拜吧？」

「至少他們逮住了作案的狗雜種。」

一陣停頓。然後他說：「老天。你還沒看報紙吧，嗄？」

「我就是在報上看到消息啊。兩名南美小孩。」
「說來你還沒看到今天下午的郵報囉？」
「沒有。怎麼，發生什麼啦？結果發現他們是清白的嗎？」
「那兩個臭毛頭嗎？清白？呸，他們跟時代廣場地鐵站的男廁一樣又清又白咧。條子搜了他們的窩，發現到處都是我家的東西。珠寶我已經講了細目，音響我也提供了序列號碼，所有的東西都在。繡了起首字母的東東等等。媽的他們還真是天殺的白哩，你嘛拜託點。」
「然後呢？」
「他們承認犯下搶案，可是命案不認。」
「常見的事，湯米。」
「讓我講完好吧？搶案他們承認，不過照他們的說法，是有人指使的。據他們說呢，是我雇了他們搶我自己。他們可以保留到手的所有東西，而我則會把值錢物品全攤出來給他們拿，這一來我就可以謊報更多失物領到一海票賠償。」
「失物總共值多少錢？」
「媽的，我不曉得。從他們公寓翻出來的東西比我當初報案時舉列出來的要多至少兩倍哪。有幾些東西是我填了表以後才搞丟的，有些是警察找到以後我才知道不見了。誰會馬上發現所有搞丟的物品啊——至少我沒有，何況何況，佩姬（譯註：Peggy佩姬是Margaret瑪格麗特的暱稱）走了我腦子還沒回過神來。你懂我意思吧？」

「聽起來根本不像詐領保險嘛。」

「對啊，當然不是。媽的怎麼可能？我手頭就那麼個一般住家的保險單。搞丟的東西只會理賠三分之一的價錢。依他們的說法，他們上門時家裡沒人。佩姬不在。」

「意思是？」

「他們說我在陷害他們。他們闖進門來把所有的東西拖走，然後我跟佩姬回到家，往她身上戳了七、八刀，之類的，然後把她丟在那兒不管，讓人以為是搶匪幹的。」

「搶匪怎麼證明是你戳死你老婆？」

「他們沒辦法啊。這兩個傢夥只能一口撇清，說什麼那天上門時她不在，還說是我雇他們搶自己。剩下的全是警察瞎掰的。」

「警察怎麼對付你，押你上警局嗎？」

「沒有。他們到我家來，一大早的我也搞不清時間。我這才曉得毛頭小子給逮了，我也是那時才曉得他們想讓我揹黑鍋。條子說是只想跟我談談，起先我還乖乖的有問必答，然後我開始聽出弦外之音知道條子想一股腦全栽到我身上。所以我就說沒有律師在場我一個字都不講，然後我就打電話給我的律師卡普倫，他早餐才吃一半也不管就趕著上我家，而且他也要我別開口。」

「所以警察沒要你做筆錄或者帶你上警局囉？」

「沒有。」

「你的話他們信嗎？」

「怎麼可能。我也沒講出個什麼，因為卡普倫要我閉嘴。他們沒把我拖走是因為他們還沒個案子可辦，不過卡普倫說他們會想辦法弄出個案子來。他們還說我不許出城逍遙去，你說好笑不好笑？我老婆死了，郵報上的頭條寫說：『調查搶／命案死者的老公，』你說媽的我還能怎樣？難不成還跑到蒙大拿去釣天殺的鱒魚不成？『不許出城逍遙去。』你如果在電視上看到這種垃圾，肯定會想說外頭哪有人這樣講話。搞不好他們就是從電視學的。」

我等著他告訴我他找我幹嘛。我沒等多久。

「我打電話呢，」他說：「是因為卡普倫想雇個偵探。他說也許這兩個傢夥會在自家附近亂講話，搞不好還跟朋友吹過牛，也許可以找到辦法證明他們是真兇。他說警察不會朝那個方向辦，因為這會兒他們可是忙著要把黑鍋蓋到我頭上。」

我解釋說我並沒有合法身分，說我沒執照也不寫報告。

「這無所謂，」他堅持道。「我跟卡普倫說，我想找個信得過的人，找個肯幫我出力的。其實他們根本兜不出個案子來辦我，馬修，不過這事兒拖得越久，於我就越加不利。我想趕緊澄清，我希望報紙登說全是那些個南美混混幹的，跟我八桿子關係也打不著。你開個合理的價錢吧，我直接給你，如果你不愛支票的話，我就付現。你說怎麼樣？」

他想找個信得過的人。加羅林來的凱若琳難道沒告訴他說我有多可信麼？

結果是我怎麼說的？我說可以。

8

我在杜・卡普倫位於法院路的辦公室裡跟湯米・狄樂瑞和他的律師碰頭，此處離布魯克林的市政廳只有幾條街。隔壁是一家黎巴嫩餐廳，轉角是一家專賣中東進口物品的雜貨鋪，那旁邊則是一家古董店，橡木家具和黃銅檯燈以及床架都氾濫到店門口了。卡普倫的辦公室裝潢著鑲木牆板，擺設著皮椅以及橡木檔案櫃。他的名字還有其他兩名合夥人的名字都以古雅的黑色燙金字母漆在毛玻璃門上。卡普倫一身流行的保守打扮，穿了套三件式條紋西裝，剪裁比我的要高檔。湯米穿著他酒紅色的外套以及灰色法蘭絨長褲和便鞋。他藍色眼睛的眼角以及嘴巴周遭透出壓力。他的氣色有點灰敗。

「我們只是想要求你呢，」卡普倫說：「找到他們褲袋裡的鑰匙——海利拉和克魯茲的——然後循線追蹤到賓州火車站的置物櫃把鎖打開，那個櫃子裡有把一呎長的刀子，上頭沾了他們的指紋和血。」

「有這麼嚴重嗎？」

他笑起來。「找到的話也無傷啊。唬你的啦，我們還沒那麼慘。警方只不過拿到兩個拉丁小子前言不對後語的說詞，他們打從斷了柳橙汁以後就麻煩惹個不停。不過警方手上是有他們覺得能把湯米定罪的動機。」

「是什麼？」

我邊問邊看著湯米，他別開了眼睛。卡普倫說：「婚外情、股票大賠外加極度可疑的金錢動機。瑪格麗特．狄樂瑞七八個月以前繼承到約莫二十五萬的遺產。有個姑媽留了一百多萬美金兵分幾路由四個人平均瓜分。警察根本沒有費事注意他有多愛他老婆，何況又有多少老公會得亂搞呢？大夥都是怎麼說的？——九成偷腥一成撒謊是吧？」

「滿大的機率嘛。」

「其中一名殺手，安吉爾．海利拉，今年三、四月在狄樂瑞家打了點零工。春季大掃除。他從地下室和閣樓拖出一堆垃圾，做了不少苦工。照海利拉的說法，湯米就是透過這層關係找他打劫的。依常識判斷，該說是海利拉和他的同夥克魯茲就是透過這層關係知道了地形以及屋裡有啥該怎麼進去啊。」

「要抓湯米的小辮子看來是不容易。」

「沒錯，」卡普倫說。「問題是，如果真為了這個走上法庭，就算贏了官司也是輸了下半輩子，眾人都會記得你曾經因為被控殺妻上過法庭，就算無罪開釋也沒用啦。」

「更何況，」他說：「天曉得陪審團會往哪個方向跳。湯米的不在場證明是說搶案當時他和一名女子一起，是個同事。光明正大得沒話講。不過天知道他們打算怎麼想。有時候呢他們會打定主意不接受，說是女友幫著撒謊不算數，甚至乾脆一口咬定他是混帳，竟然老婆被殺的時候還在外頭胡搞。」

「你再這麼講下去，」湯米接口道：「我自個兒都要覺得有罪了，瞧你說得活靈活現的。」

「何況他本來就很難得到陪審團同情。湯米是個帥氣的大個兒，打扮入時在酒館裡肯定人見人愛，可是跑到法庭就要人人喊打囉是吧。他是股票營業員，講起電話能把死的說成活的，而這就表示所有聽過內線消息虧了幾百或者因為電話推銷買了雜誌的阿貓阿狗都會殺氣騰騰的走進法庭找他算帳。跟你說吧，媽的我們根本不想進法庭。法庭上我鐵會贏，這我清楚，再不濟也可以贏得上訴吧，可誰要那個玩意兒啊？這個案子連個頭都不能起，在他們往陪審團面前投遞訴狀以前我就要斬草除根把問題徹底解決。」

「所以你是希望我能——」

「盡量挖啊，馬修。找到所有可以讓海利拉和克魯茲信用掃地的證據。我不知道有無東西可找，不過你當過警察現在又是私探，你總可以披掛上街四處打聽吧。」

我點點頭。這我做得到。「可我不懂，」我說。「找個會說西班牙文的偵探不是方便多了嗎？要我上他們的小店買罐啤酒我還可以，問題是我的段數離流利還遠得很。」

卡普倫搖搖頭。「建立私人關係可比只值一文的『Me llamo Matteo Y como esta usted』（西文：我名叫馬提歐，你好嗎？）要值錢多多啦。」

「就是嘛，」湯米．狄樂瑞說。「馬修，我知道靠你準沒錯。」

我想跟他說靠我哩，我靠。我看不出我能查出啥個一般警察辦案程序查不出來的東西。不過以我戴過多年警徽的資歷，當然知道有人想把錢送上門的時候絕對不可推辭。收受款項我很自在。這人繼承了二十五萬美金，再加上他老婆保的不知多少險。如果他想四處散財，我又何樂不收？

∞

所以我就去到日落公園，在街上晃晃然後到酒館再晃晃。日落公園位在布魯克林當然，就在該區的西沿，灣脊區之上，綠林公墓的西與北。這些時日以來，這一帶有許多棕石建築一棟棟冒出來，很多年輕的都會專業人士都在改裝老房子，把這兒弄得很有氣質。然而多年前這段故事發生之時，這些年輕新貴可還沒有發現日落公園。當時這個地段混雜了拉丁美洲以及斯堪地那維亞人，前者大半來自波多黎各，後者大多來自挪威；人口重心逐漸由歐洲倒向島國人民，膚色由白轉黑——而這個過程在那之前已經推移了許多許多世代，變化的腳步極其緩慢。

我跟海利拉的房東、克魯茲的前任雇主以及他最近的女友之一聊了聊。我在酒吧和雜貨鋪的後頭喝酒。我拜訪當地警局，翻閱兩名搶匪的犯案記錄，和警察共飲咖啡，並且聽聞到某些未曾列在檔案裡的故事。

我發現麥古利多．克魯茲曾經在某個酒館為了女人跟人打架，失手殺死對方。不過當時並沒有人提出告訴；十幾名目擊者表示，是死者拿著破酒瓶追在克魯茲後頭跑。看來克魯茲當時八成帶了刀，但是好幾名目擊者都一口咬定是一位匿名恩人丟給他的，因此也沒有足夠證據能夠以攜帶武器的罪名起訴他，更別說告他謀殺了。

我得知海利拉的三個小孩都和母親住在波多黎各。他雖然離婚了但卻不願娶現任女友，因為他覺得在上帝眼中他和前妻仍是連理。有錢的時候他會匯款過去。

我也聽說了其他事情。當時覺得都是雞毛蒜皮如今也已完全褪出記憶，不過聽時我有記錄，而且每隔個一兩天我都會按表操課把我的收穫報告給卡普倫知曉。我說的話他好像都聽得興致勃勃。

收兵睡覺以前我絕無例外一定會先上阿姆斯壯報到。有個晚上她在那裡，凱若琳．曲珊，這回喝的是波本，臉龐因為長久累積的痛苦變得僵硬。她眨了一兩次眼才認出我來。然後眼淚開始在她的眼角成形，她揚起了手背抹去眼淚。

我是等她招手以後才走向她。她拍拍旁邊的凳子於是我便溜身而上。我點了波本加咖啡，並且請她喝了續杯。她已經醉得可以，不過你永遠也找不到足夠的理由拒絕一杯。

她談到湯米。他對她很好，她說。打電話啊，送花的。不過他不肯見她，因為這樣看來不妥——對個新任鰥夫來說，對個公開被控殺妻的男人來說。

「他送的花沒附卡片，」她說。「他用公共電話打給我。這個婊子養的。」

比利把我叫到一旁。「我不想請她出去，」他說：「這麼個好女人，氣色卻爛成那樣。總之我覺得她是非走不可。你會送她回家吧？」

我說我會。

我把她帶出那裡，一輛計程車過來省了我們一段路程。到了她家，我從她皮包拿出鑰匙打開鎖。她往沙發一倒，四仰八叉半坐半躺了下來。我得上個洗手間，而我回來時，她已經閉上眼睛輕聲打著呼嚕。

我幫她褪下外套鞋子把她抱上床，為她拉鬆了衣服然後蓋上毯子。如此這般搞得我累垮了。我在沙發坐了一下，幾幾乎也要盹著。我猛力甩個頭醒來，然後起身離去。

∞

隔天我回到日落公園。我得知克魯茲年輕時便愛惹是生非。他常跟鄰家一幫小子呼嘯前往城裡，到格林威治村漫步遊蕩，搜找同志痛揍一頓。他對同性戀極端恐懼，起因也許就是如常理所說的害怕內心某個部分的自己，他必須藉由懲罰同志壓住心裡的恐慌。

「他還是不喜歡他們喔，」一個女人告訴我。她一頭光亮的黑髮眼珠子混濁，她喝的蘭姆酒和柳丁汁都是我付的錢。「他長得挺好，你知道，所以他們都會黏上他，可他不喜歡。」

我把這項資訊列入記錄——連同其他幾項同樣驚天動地的訊息。我在第十大道的鐵板餐廳請自己吃塊牛排，然後到阿姆斯壯酒吧收尾。我喝得並不賣力，只是啜著波本咖啡讓時間緩緩流逝。有兩次，有人打電話找我。一次是湯米．狄樂瑞，告訴我他實在太太感激我為他所做的一切。依我看來，我除了拿他的錢以外什麼也沒幹，不過他好說歹說總算說服了我他完全是靠著我的忠心與無價的幫助才能活下去。

第二通電話來自凱若琳。更多的讚美。我是個紳士，她跟我保證，而且從裡到外可圈可點。還拜託我忘了她跟我講的湯米的壞話。他們已經重修舊好。

∞

第二天我放了自己一天假。我想我是去看了場電影，《刺激》吧好像，保羅．紐曼和勞勃．瑞福以行騙的方式達到復仇的目的。

再過一天，我又到布魯克林旅遊去了。再下一天，我一早便買了日報。頭條的標題語焉不詳，類似某某嫌犯於牢中上吊自殺，不過翻到第三版細看內容之前我就猜到應該是我的案子。

麥古利多．克魯茲把他的衣服撕成片片串紮成一長條，他把鐵床架翻到側面爬上去，再將他自製的繩子繫到頭頂上的水管，然後從側立的床架上一躍而下跳進了另一個世界。

當晚六點的電視新聞報導了故事其餘的部分。安吉爾．海利拉得知朋友死亡以後，業已撤銷他原先的說法，承認狄樂瑞家的搶案是他和克魯茲自行策畫執行的。狄樂瑞女人於犯案當時回家所以被克魯茲亂刀戳死。他拿了把廚房菜刀動手，海利拉在一旁嚇得目瞪口呆。麥古利多脾氣向來急躁，海利拉說，不過他們是朋友，也是表兄弟，所以兩人便合編了個故事保護麥古利多。不過如今他死了，海利拉終於可以公開真相。

∞

當晚我在阿姆斯壯酒吧——這點頗為尋常。我打定了主意要喝醉只是原因不明——這一點雖不尋常，但也偶有所聞。那段時日我經常喝醉，不過我其實很少立意把自己灌醉。我只是想讓自己舒坦一些，稍微放鬆一下，然後喝著喝著我就會變得爛醉如泥。

我並沒有特意喝得太凶太快，不過我是朝著那個方向邁進，然後時鐘約莫走到十或十一點時，門打開來；我在轉身之前，就知道來者是誰。湯米．狄樂瑞，打扮時髦頂著個剛理的頭，打從他老婆遇害以後這是頭一回跑到吉米的店。

「瞧誰來啦！」他大聲嚷嚷，咧嘴笑了個他的那種笑。大夥七手八腳跑去跟他握手。當時比利站在吧台後面，他才倒了杯酒要請我們的英雄喝，湯米馬上堅持要請在場所有人士都喝一杯。這個提議耗資頗為可觀──現場起碼有三四十個人──不過我看就算擠了三四百人，他大概也不在乎吧。

我待在原地，讓其他人蜂擁向他，不過他卻排開眾人朝我走來，然後一手圈住我的肩膀。「英雄在這兒哪，」他宣布道。「他媽最棒的一個踏破鐵鞋的偵探。這人的錢，」他告訴比利：「今晚絕對不能收。他一杯酒也不許買；一杯咖啡錢也不許付；如果你們打從我上次來了以後逕自裝了付費廁所的話，他也不許動用他自己的那毛錢。」

「廁所還是免費的，」比利說：「不過可別提醒老闆。」

「呸，他早就在動這個歪腦筋了吧，」湯米說。「馬修老弟啊，我愛你。我原本如同甕中之鱉窩在家裡不想出門，然後你就排除萬難啪啪啪的全部搞定。」

媽的我做了什麼啊？我既沒有吊死麥古利多．克魯茲，也沒有誘騙安吉爾．海利拉來個真情告白。我連這兩個人的面都沒見過呢。不過他正在買酒招待大夥而我又嘴癢癢的想喝，所以我何苦爭辯呢？

∞

我不知道我們在那裡待了多久。奇怪的是，湯米喝酒的速度一邊加快，我的速度卻是跟著減慢。我注意到凱若琳不在現場，而且她的名字也沒有出現在我們的談話。我心想，不知她會不會踏步進來——畢竟，這個店離她家很近，而且她也有習慣獨個兒過來飲酒。我心想，不知她進門的話場面會是如何。

想來當時我腦子裡應該轉著許多事情，所以才會一邊飲酒一邊踩著煞車。我不希望記憶出現缺口，不希望腦子裡跑出灰色地帶。

不久之後，湯米催著我離開阿姆斯壯酒吧。「這會兒是慶祝時間，」他告訴我。「咱們可不想在這兒待到腳底生根吧。咱們得活蹦亂跳一下。」

他開了車來，而我則跟著他隨處亂逛，並沒有注意我們人在哪裡。我們去了東區一家嘈雜的希臘酒館我想，那兒的服務生個個看來像是黑幫打手。我們去了幾家時髦的單身酒吧。最後我們則來到東村某處，置身於一方陰暗的啤酒窟。

這裡很安靜，頗適合講話，於是我便問起我到底是立下了什麼汗馬功勞。有個人自殺而另一個翻供，這兩件事倒是於我何干。

「是你提供的料，」他說。

「什麼料？我又沒有送上什麼指甲頭髮的供你下蠱害人。」

「關於克魯茲和同志的事。」

「他搞不好會因為殺人給判死罪。他可不是因為年少輕狂的時候盡找同志麻煩怕他們報復才上吊的吧。」

我沒接話。

湯米啜口威士忌。他說：「幾天前，有個大塊頭黑鬼用餐時跑到克魯茲跟前。『等你關到綠色避風港的時候可就有得瞧啦，』他告訴他。『那兒所有的漢子都想找你當女友喔。等你放出去以後啊，醫生叔叔還得幫你切個全新的屁股來用才成呢。』」

「卡普倫，」他說。「他跟某人講了，那人又再傳話給人，如此這般一切就都搞定啦。克魯茲仔細想了想，以後只要一進澡堂牢裡就有半數的黑鬼要從後頭上他，所以沒兩下子那個殺人的小混混就吊在空中舞著腳囉。死得好哇。」

我好像沒辦法呼吸了。湯米走到吧台再點一輪酒的時候，我力圖恢復呼吸。我眼前的酒都還沒碰，不過我還是讓他點去。

他回來的時候，我說：「海利拉。」

「翻供啦。從頭到尾全招了。」

「而且把責任都推給克魯茲。」

「何樂而不為呢？克魯茲又不會在旁邊跳腳。天知道是哪個幹的啊，而且誰又在乎哪？重點是，你提供了一個跳板。」

「給克魯茲，」我說：「跳到另一個世界。」

「也給了海利拉，還有他在山圖市的小孩。杜跟海利拉的律師談過，海利拉的律師又跟海利拉談過，口信是說：『瞧，這會兒你因為搶案給關起來，搞不好還會判你殺人呢；不過如果你講對了故事，服刑時間肯定縮短，而且更妙的是，好心的狄樂瑞先生還打算不計前嫌，每個月都寄一張肥肥的支票給你在波多黎各老家的老婆和小孩呢。』」

吧台邊，兩名老翁正在重溫路易史默林的拳擊大賽——而且是第二次，這次路易可是狠狠教訓了先前贏過他的德國冠軍（譯註：一九三六年的世界拳擊冠軍爭霸戰中美國代表路易敗給德國的史默林，他誓言要於次年奪回寶座，時值二次大戰，這一次的比賽舉世矚目且被兩國人民視為善與惡的對決。而在第二次的對決裡，路易也的確奪回了拳王頭銜）。老翁之一在空中筆劃了好些個圓弧示範側勾拳。

我說：「是誰殺了你老婆？」

「不是這個就是那個。如果要我賭的話，我會說是克魯茲。他的眼睛發出凶光；如果湊近了看的話，你會知道他就是凶手。」

「你啥時湊近了看他？」

「大掃除那次啊，他們清了我的房子、地下室和閣樓。可不是他們跑去清空的那回喔，那是第二次。」

他笑起來，不過我繼續盯著他直到那抹笑容沒了自信。「幫忙打掃的是海利拉，」我說：「你從沒見過克魯茲。」

「克魯茲也跟了去打雜。」

「這你沒提過。」

「噢，當然有，馬修。而且這樣那樣現在又有差嗎？」

「是誰殺了她，湯米？」

「唷，別問啦好吧？」

「回答我的問題。」

「我答啦。」

「人是你殺的，對吧？」

「你這是幹嘛，瘋了啊？克魯茲殺了她海利拉也已經招供，這還不夠嗎？」

「告訴我你沒殺她。」

「我沒殺她。」

「再講一次。」

「媽的我沒殺她嘛。你是怎麼啦？」

「我不信。」

「噢，天老爺，」他說。他闔上眼睛，把頭埋進手裡。他嘆口氣抬臉說道：「你曉得，我有個毛病。電話上哪，我是天底下最最棒的推銷員。我發誓我可以把沙子賣給阿拉伯人，在冬天賣冰塊也沒問題，可面對面的話我就沒輒了。你說這是怎麼回事？」
「你說呢？」
「不知道。以前我老以為是我的臉我的眼睛跟嘴巴洩了底；不知道。講電話很簡單。我跟個陌生人聊天，我不知道他是誰長啥樣，而且他也沒在看我，所以簡單之至。面對面，尤其跟熟人，那就是兩碼子事囉。」他看著我。「如果這事咱們電話上講的話，你準定全部買帳。」
「有可能。」
「媽的一定。你一字一句全會聽進去。也罷，就算我跟你說是我殺了她好啦，馬修，可你啥也沒法證明啊。事情是這樣的，家裡遭搶以後我跟她一起走進客廳，裡頭亂得個像似發生地震，我們大吵一架脾氣爆開所以才會出事。」
「是你設計的搶案。整件事都是你策畫的，就跟克魯茲和海利拉當初指控的一樣。可這會兒你卻撇得一乾二淨。」
「而且你還幫了我一把——這點可別忘囉。」
「我不會。」
「反正我不會給抓去關的，馬修。根本不可能。法庭上我肯定贏，那麼做只是要避免上法庭。聽好了，這會兒咱們是黃湯下肚信口開河，隔天不就全忘光了嗎，嗄？我沒殺她，你沒指控我，咱們還是哥倆兒，沒事的啦。對吧？」
想要失憶的時候偏卻記得清清楚楚。隔早我起床時，一切都歷歷在目，可我卻希望自己全都忘了。他殺掉自己老婆卻可以脫罪。而且是靠我幫忙。我拿了他的錢，代價是教了他如何設計讓這個人自殺又讓另一個做假見證。

但我又能怎麼辦呢？

我束手無策。我就算跟警方說破了嘴，湯米和他的律師全會一口否認，而我手頭上卻又只有道聽途說最最薄弱的證據——在我的客戶和我自己都灌了滿肚子黃湯之後他跟我講的話。接下來幾天我左思右想，追索可以翻案的方法，但是一無所獲。也許我可以吸引哪個記者注意，也許可以藉此登個讓湯米吹鬍子瞪眼的報導，但是所為何來？這又會帶來什麼好處？

我憤恨難平。不過我只消喝個兩杯就好，這就可以平衡不少。

∞

安吉爾．海利拉承認結夥搶劫，布魯克林檢察長於是撤銷了謀殺的指控做為回報。他給押到州立監獄服五到十年的刑期。

然後某天夜半我接到一通電話。我已經睡了幾個鐘頭，不過電話吵醒了我於是我摸著找去。花了我一分鐘才認出另一頭的聲音。

是凱若琳．曲珊。

「我非打給你不可，」她說：「因為你是波本人是個紳士。打給你是因為我欠你一份情。」

「怎麼了？」

「他把我甩了，」她說：「而且還讓公司炒我魷魚免得天天都要在辦公室看到我。這會兒他不需要我幫他掩飾，他就一腳把我踢開，而且你曉得他還是電話上講的嗎？」

「凱若琳——」

「我全寫在遺書裡了，」她說。「我留了遺書。」

「聽我說，先還別動手，」我說。我已經下了床，摸著找衣服。「我馬上過去。我們得談談。」

「你擋不了我的，馬修。」

「我不會擋著你。我們先談談，然後你愛怎樣都行。」

電話在我耳邊喀嚓掛斷。

我啪啪穿好衣服衝到她家，希望她是服藥希望死亡的過程不是那麼快速。我打破樓下那扇門的一小片玻璃闖進大樓，然後拿了張老舊的信用卡撥開她彈簧鎖的門子。

房間滿是火藥味。她躺在上回我看到她時她癱倒的那張沙發。手槍在她手裡，軟軟的垂在一旁，她的太陽穴穿了個黑邊的洞。

是有一份遺書。一瓶空了的獨家波本立在咖啡桌上，旁邊是一只空玻璃杯。她的筆跡和遺書上陰鬱的字句透出酒意。

我讀著遺書。我在那裡站了幾分鐘，不很久，然後我便從開放式廚房拿了條小毛巾把瓶子和杯子都擦乾淨。我另外拿了個同系列的杯子，洗淨擦乾，然後放在水槽的濾水板上。

我把遺書塞進口袋。我把槍從她的指間拔開，照慣例檢查有無脈搏，然後拿了個沙發墊包住手槍來當消音器。我往她的胸膛發了一發子彈，然後往她嘴裡再打一發。

我把手槍丟進口袋，然後離開。

∞

他們在湯米．狄樂瑞的家裡找到那把槍，就塞在客廳沙發的椅墊中間，裡外都沒有指紋。彈道測試完全符合。我朝著她胸膛的軟組織開槍是因為子彈撞上骨頭有可能綻成碎片。那是我多打幾顆的原因之一。另一個原因則是要排除自殺的可能。

故事上報以後，我拿起話筒打給杜．卡普倫。「真搞不懂，」我說：「他都已經洗清罪嫌了，媽的幹嘛還要殺掉女孩？」

「你自個兒問去吧，」卡普倫說。他聽來不甚快樂。「依我說，這人瘋了。天地良心原本我還真是不曉得。我原想說，搞不好他殺了他老婆，搞不好沒有，審判他可不是我的工作。但我沒想到這人是個殺人狂。」

「警方確定是他殺了女孩嗎？」

「毋庸置疑。手槍是有力的證據。等於捧著把冒煙的槍給人逮個正著嘛，那槍就在湯米的沙發上。白癡一個。」

「奇怪他怎的沒丟掉。」

「也許還有別人想宰吧。瘋子的腦袋不可理喻。脫不了關係啦，槍是證據，而且還有人通報

——有個男的報警說他聽到槍聲，說是有人跑出她家，連長相都交代啦——準是湯米沒錯。還說他穿了那件紅色外套，媽的跟派拉蒙的帶位員一樣俗氣。」

「想必很難幫他開脫囉。」

「嗐，他得找別人求救囉，」卡普倫說。「我跟他說了這回我沒法使力。總而言之，我跟他已經是一刀兩斷沒得談啦。」

∞

前幾天我讀到安吉爾．海利拉出獄的消息，便回想起這段往事。他十年的刑期全部服滿，因為這人不管在監獄裡外都是不折不扣的惹禍大王。

湯米．狄樂瑞的殺人罪才服了兩年三個月就被人拿自製小刀宰了。當時我還心想，或許是海利拉為了報仇找人幹的，真相我永遠不會知道。也許是支票不再寄到山圖市於是海利拉心生不悅，又或許是湯米跟人講錯了話——面對面而不在電話上。

我覺得我應該不會重蹈覆轍了。我已經不再喝酒，想要扮演上帝的衝動好像也跟著酒精一起蒸發掉了。

然而很多事情都有了改變。比利在那之後不久離開阿姆斯壯，而且也離開了紐約；新近聽說他戒了酒，住在索沙利朵製造手工蠟燭。前不久我在下城第五大道一家書店撞見丹尼斯，裡頭盡是瑜珈、靈修以及全人醫療的孤本書。阿姆斯壯酒吧預定下個月底就要關門，租約正等著新客戶上門，想來不消三兩下這家陳年酒吧就要變成另一家韓國鮮果市場了吧。

偶爾我仍然會為凱若琳·曲珊以及麥古利多·克魯茲點上一支蠟燭。並沒有常常。只是偶爾為之。

蝙蝠俠的幫手

可靠偵探社在熨斗大廈裡頭，位於百老匯大道和二十三街交口。接待員是個優雅的黑人女孩，顴骨高聳頭髮是直板燙，她朝我點個頭笑一下，然後我便步下甬道廊走向華利．維特的辦公室。

他坐在桌子前面，是個五短身材的壯實男子，鬥牛狗的下巴灰髮剪成小平頭。他坐著沒動，說道：「馬修，真高興看到你，你還真準時啊。認識這幾位嗎？馬修．史卡德、吉米．迪撒弗、李．托鮑爾。」我跟大夥都握了手。「我們在等艾迪．藍肯。然後咱們就可以相偕出門守護美利堅合眾國的販售系統去啦。」

「少了艾迪可不成，」吉米．迪撒弗說。

「沒錯，他是要角哪，」華利說。「他是咱們的頭號鬥牛。這人受過攻擊訓練，嗯艾迪。」

幾分鐘後他穿門而入，於是我領會到他們的意思。吉米和華利以及李雖然外表不同，不過他們都酷似前任警察，想來我應該也是。艾迪．藍肯看來像似以前每逢瘋狂週六夜時準定要給我們架到警局的那種人。這人是個大塊頭，寬肩細腰，金髮幾近白色，兩鬢留短後頭蓄長，頭髮如同馬鬃般垂到頸背。他的前額寬闊，長了個哈巴狗鼻。他的臉很白，豐潤的唇鮮紅欲滴像是人工製品。他長得一副鄉巴佬樣，而且你可以感覺到他對任何壓力的反應一律都是拳腳齊上毫不囉唆。

華利．維特把他介紹給我。其他人都認識他了。艾迪．藍肯握握我的手，他的左手壓上我肩膀猛按一下。「嗨，馬修，」他說：「很高興認識你啊。怎麼樣，大夥兒，咱們可準備好要幫忙披風聖戰士啦？」

吉米．迪撒弗開始吹起老牌電視節目蝙蝠俠的主題曲。華利說：「好啦，武器怎麼樣？大夥兒都帶了吧？」李．托鮑爾掀開西裝外套，露出肩帶上插的一把左輪。艾迪．藍肯抽出大型自動手槍，放在華利的辦公桌上。「蝙蝠俠的槍，」他宣告道。

「蝙蝠俠不帶槍，」吉米告訴他。

「那他最好離紐約遠點，」艾迪說。「要不他的屁股可就要不保啦。左輪那種玩意兒，打死我也不會帶在身上。」

「左輪打得跟你手上那把一樣準，」李說。「而且不會卡住。」

「這個寶貝才真是不會卡住，」艾迪說。他拾掇起自動手槍，伸出手來做示範。「你拿著把左輪，」他說：「點三八口徑或者什麼的——」

「點三八沒錯。」

「——然後來了個人把它奪走，這人只消瞄準了發射就行。就算一輩子沒見過槍，他也知道怎麼來。而這隻怪獸可不一樣囉——」他表演起來，拉拉安全裝置，動動滑桿——「媽的有好幾道關卡守著哪，他那廂還傻著眼時我已經把槍抽走賞了他一顆子彈。」

「誰也沒辦法把槍從我身上拿走，」李說。

「大夥兒都是這麼說的，可瞧瞧發生的機率有多高。警察如果給自己的槍打中，十之八九都是左輪。」

「那是因為他們只帶左輪，」李說。

「唷，就這句話沒錯。」

吉米和我沒帶槍。華利提議給我們一人一把，不過我倆都拒絕了。「倒也不是說有誰會得秀槍啊，更別提開打啦老天在上，」華利說。「不過外頭難保沒有凶險，武器在身總是個保障。好啦，咱們上路去吧？蝙蝠車就等在路邊。」

我們一行五人，五名成年男子，搭了電梯下樓，其中三個佩戴手槍。艾迪．藍肯穿了件格子呢獵裝和卡其長褲，其他幾個人則是著西裝打領帶。我們從第五大道的出口往外走，跟著華利邁向他的車——一輛高齡五年的富麗塢凱迪拉克停在消防栓旁邊。車窗上沒有夾著罰單；一張公共建築管理局的通行證擋住了交警。

開車的是華利，艾迪．藍肯陪他坐在前頭，我們其他幾個坐後面。我們從第六大道閒閒開到五十四街再往右轉，然後華利便把車子停在和第五大道相隔幾家門面的消防栓旁邊。我們一起走向第五大道的轉角，然後拐個彎朝城中心的方向移行。逼近街區中央時，只見一群黑人已經在那兒擺攤叫賣。其中一名展示的是手提包和絲巾——整整齊齊擺在一張摺收式的牌桌上。另外兩人賣的是T恤和卡帶。

華利輕聲道：「上吧。這三人昨天就在這兒了。馬修，麻煩你跟李往街尾走，瞧瞧轉角那兩個傢夥有無咱們在找的東西。然後再折回來大夥兒一道收拾這幾隻鳥廝。現下我就要讓這傢夥賣我一件襯衫。」

李和我走向轉角。兩名有待檢驗的小販原來是在賣書。我們確定沒事以後又往回走。「簡直跟警察一樣辛苦，」我說。

「要懂得惜福哪，咱們不消填寫報告也不用列舉書名。」

「所謂的書。」

我們加入其他人時華利正撈著件特大號襯衫，他把襯衫搭在胸前比了比。「各位覺得怎麼樣？」他問：「搭不搭啊？你們覺得好看嗎？」

「看來很像小丑（譯註：蝙蝠俠中有一名壞蛋是以小丑的扮相出現），」吉米．迪撒弗說。

「我想也是，」華利說。他瞅著那兩名非洲人，他們正不知所措的笑著。「我覺得這玩意兒侵犯到我了，我就這麼想。我們得把所有蝙蝠俠的商品都清走。它們沒授權，違反了著作權法的規定，而且也沒有認證執照，所以全都得沒收。」

兩名小販已經止住了笑，不過他們好像還沒搞懂狀況。第三個小販站在遠處，賣圍巾和皮包的那個，一臉警戒。

「你們說英文嗎？」華利問道。

「他們說數字，」吉米道，「五塊，十塊，麻煩您，謝謝您。他們就說這個。」

「你們哪裡人？」華利問。「塞內加爾，對吧？達卡〔譯註：達卡是塞內加爾的首都〕。你們是達卡人？」

他們點點頭，聽到認得的字滿臉發光。「達卡，」其中一個發出回聲。他們兩個都穿洋服，不過看來有點異國風——寬鬆的長袖襯衫，尖長領，布料發光，寬鬆的打摺褲。網狀皮面便鞋。

「你們說啥語言哪？」華利問。「法文吧？Parley-voo Francais（你們說法文嗎）？」先前講話的那個登時劈啪講起一拖拉庫的法文，華利一聽倒退兩步搖搖頭。「媽的我幹嘛問哪，」他說。「他媽的法文我也只會Parley-voo，」他對著非洲人說：「警察。你Parley-voo這個嗎？警察。Policia（西文：警察）。你capeesh（西文：懂得）？」他打開皮夾，讓他們看看警徽之類的玩意。「不許賣蝙蝠俠，」他說，朝他們搖搖手中的襯衫。「蝙蝠俠不好。沒授權，沒經過認證，不能賣。」

「不好蝙蝠俠，」其中一個說。

「天老爺，他們天殺的還真聽有懂哩。對，不好蝙蝠俠。不行，錢拿開，我可不能收賄哪，我跟警局已經不相干啦。我只想拿蝙蝠俠。其他的你留著沒問題。」

他們的T恤除了幾件以外都是未經授權的蝙蝠俠商品。其餘的則秀出迪士尼的卡通人物——想必和蝙蝠俠商品一樣沒授權，不過可靠偵探社今兒個的客戶不是迪士尼，所以我們管不著。我們把蝙蝠俠和小丑打包帶走，艾迪．藍肯則審視起錄音帶，然後翻弄著第三名小販展售的絲巾。圍巾他讓男人留著，不過他拎起了一個提包，看那模樣是蛇皮。「不好，」他告訴男人；對方點點頭，面無表情。

我們浩浩蕩蕩的走回凱迪拉克，然後華利掀起後座行李箱。我們把沒收的T恤放在備胎和釣魚用具中間。「這玩意弄髒沒關係，」華利說。「反正都要給銷毀。艾迪，如果你拿走包包，大家都會講話的。」

「我認識這麼個女的，」他說。「她會喜歡這玩意。」他把提包捆進一件蝙蝠俠T恤然後放進後車廂。

「很好，」華利說。「一切進行順利。這會兒哪，李，我要你跟馬修負責第五大道東側，其他人就待西側這頭，大夥兒一路往四十二街殺去。不知道收穫會是如何，因為就算這班人不說英文，他們傳話的速度肯定超快，不過咱們得先確定這條路上所有沒授權的蝙蝠俠垃圾全數淨空，才能掃向別處。一路上咱們都得隔著街來來回回保持眼神接觸，一查到違禁品馬上打個手勢然後大家就一起圍上去全數查扣。聽懂了嗎各位？」

各位好像都聽懂了。我們離開塞滿違禁品的車回到第五大道。達卡來的兩名T恤小販已經打包走人了；他們得找別樣貨品獵覓別個處所進行買賣。販售圍巾和提包的男人還在做生意。他一看見我們，登時僵住。

「蝙蝠俠不行，」華利告訴他。

「蝙蝠俠不行，」他發出回聲。

「奶奶熊的媽的叫我狗娘養的唄，」華利說。「這人在學英文哩。」

李和我走到對街，一路往城中心移行。這地方黑壓壓的全是小販，兜售著衣物錄音帶還有小家電跟書以及漢堡薯條等等。他們大半都沒有法律要求的攤販證；市政府會定期派員巡察，尤其是繁華的商業大道，四面包抄罰錢並且查扣他們的貨。然而約莫一個禮拜之後警察就會放棄嘗試執行一項基本上無法執行的法令，然後眾家攤販又會群集而回重操舊業。

這是個永無止境的輪迴，不過書販可以免此劫難。高等法院已經決定，憲法第一修正案所謂的保障新聞自由意謂任何人皆有權利在街上販售印刷品，所以如果你有書要賣，沒有人可以侵犯你的自由。以此之故，許多學者型的古書商便將自家貨品攤在大街小巷。同理，眾位文盲也可沿街叫賣滯銷的藝術書籍以及暢銷贓書；同理，浪遊的街民亦可將老雜誌從各家垃圾桶內拯救出來，將其攤放於人行道上，做著客戶即將上門的千秋大夢。

我們在聖派屈克大教堂前方發現一名巴基斯坦人在賣T恤和運動衫。我問他是否有蝙蝠俠商品，他立刻埋頭往衣堆翻找然後拉出半打貨品。我們沒費事跟對街的機動部隊打招呼。李二話不說掏出警徽秀給男人看——特種警官，上頭說——而我則解釋我們得沒收蝙蝠俠商品。

「他大賣，蝙蝠俠，」男人說。「我有蝙蝠俠，我賣他很快。」

「噯，你最好別再賣他了，」我說：「因為不合法。」

「抱歉，請問，」他說。「什麼是法？蝙蝠俠怎樣不合法？據我了解，蝙蝠俠替法律做事。他是好人，不對嗎？」

我解釋起版權和商標以及認證問題。這有點像是在跟田鼠解釋內燃機的引擎構造。他不斷點頭，可我不知道他聽懂多少。重點他是懂了——我們要把他的貨拖走，而且他花的不管多少資金都收不回來了。這個部分他不愛，不過他也沒法度。

李把衣衫塞到腋下，我們一路往前走。到了四十七街我們看到華利打的手勢便走過街去。他們又找到另外一對塞內加爾人，蝙蝠俠貨品擺出一大攤——T恤和高爾夫球帽以及遮陽帽，有些印著仿得維妙維肖的蝙蝠俠標誌，有些則是同個主題的變奏，但因千篇一律皆未授權，所以全數都得沒收。這兩人看來像兄弟，而且也穿著同款樣的寬鬆米色摺褲以及天藍尼龍衫，他們搞不懂自家商品哪裡不對，也不相信我們打算通通拖走。不過我們通共五人，全是白種彪形大漢，而且橫眉豎眼擺出威權姿態，他們又能奈我們何？

「我把車開來，」華利說。「大熱天的打死我也不可能把這堆垃圾扛過七條街。」

∞

行李箱這會兒已經快擠爆了。我們一路開向三十四街，到華利鍾愛的一家店吃午餐休息。我們圍坐在一張大圓桌旁。華麗的啤酒杯從屋樑垂掛下來。眾人喝了一輪酒，然後點來三明治和薯條以及半公升一杯的暗色啤酒。我先喝杯可樂開場，再來一杯可樂搭配食物，之後則喝咖啡。

「你沒喝酒，」李．托鮑爾說。

「今天不喝。」

「值勤不喝，」吉米說著，大夥兒全笑起來。

「我就搞不懂，」艾迪．藍肯說：「大家幹嘛都非要一件他媽的蝙蝠俠襯衫不可啊。」

「不只是襯衫喔，」有人說。

「襯衫、毛衣、帽子、餐盒，而且如果衛生棉也可以印的話，娘兒們肯定也要往她們的小B插一片。幹嘛要蝙蝠俠啊，老天在上？」

「搶手嘛，」華利說。

「『搶手』（譯註：原文hot有多層意思，包括熱門、危險、贓物）。媽的你是啥個意思啊？」

「意思是它紅翻天啦。就這意思啊。這玩意兒搶手是因為它搶手。人人想要沾上手，是因為別人都想沾上手，所以它就搶手啦。」

「我看過電影，」艾迪說。「你們看了沒？」

我們有兩個看過，兩個沒看。

「還可以，」他說。「基本上還不就是給孩子看的麼，不過還可以。」

「意思是？」

「意思是，賣孩子的T恤能有幾件特大號的啊？人人都買這垃圾，可你就只能告訴我這玩意兒搶手是因為它搶手。我搞不懂。」

「你沒必要搞懂，」華利說。「黑鬼也不用懂。你想跟他們解釋蝙蝠俠的標誌底下如果沒印個小小的版權標示的話他們就不能賣嗎？你那廂解釋著，我這廂倒想聽你解釋一下，那些個假造這種垃圾的驢蛋既然造假的話，怎的不也假造版權標示哪？重點就在，沒有人需要解釋，因為沒有人需要搞懂。街上那批人只消弄通一點就行啦：蝙蝠俠不好，不賣蝙蝠俠。如果他們學到這點，咱們就算是功德圓滿。」

8

華利幫大家付了午餐錢。我們開回熨斗大廈然後清空後車廂並把所有物品都扛上樓，之後又開車到了東村，沿著八街以南的第六大道一路掃過人行道上的市場。我們沒收了幾攤物品沒有惹來爭議，然後，就在西三大道的地鐵入口處附近，正當我們要拿走一打襯衫以及差不多同等數量的遮陽帽時，另一攤的小販決定要採取行動。這人穿了件鮮亮的短袖非洲衫，留著個雷士塔弗力細辮頭〔譯註：Rastafari雷士塔弗力是前衣索匹亞皇帝，他領導的新興宗教運動的成員滿頭紮滿小辮子做為標誌〕，他開口道：「這位兄弟的貨品你不能拿走，先生。你不能。」

「這商品未經授權製造，違反了國際版權保護法的規定，」華利告訴他。

「也許吧，」男人說：「可這並不表示你有權沒收。你的法律程序是什麼？你有經過授權嗎？你又不是警察。」警——察，他說。第一個字他拖很長。「你不能擅自跑到人家的店查扣商品。」

「店？」艾迪・藍肯朝他移去，兩手在體側晃動。「你有在這兒看到店子麼？我通共也只瞧見一拖拉庫他媽的垃圾堆在他媽的毛毯中央嘎。」

「這就是他的店。這是他做生意的地方。」

「這又是什麼呢？」艾迪逼問道。他朝右邊走去——細辮頭男子在那兒擺放了兩張側立的柳丁木箱展售線香。「這是你的店子麼？」

「沒錯。是我的店。」

「你知道這些個玩意在我看來像啥嗎？看來就像你在賣吸毒用具哪。擺明了就是。」

「這些是線香，」雷士塔信徒說道。「可以燻香除臭。」

「除臭，」艾迪說。有支線香正在燻燒，於是艾迪便拿起來聞一聞。「哇，」他說。「可真臭，說得還真沒錯。聞起來像是貓砂盆子起了火。」

雷士塔信徒唰個把那管線香奪走。「這可好聞著呢，」他說。「跟你娘的味道一樣。」

艾迪朝他微笑，紅潤的雙唇張開來秀出污漬的牙，他看來愉快，而且非常危險。「看我一腳把你的店踢到大街上，」他說：「連你一道。這話聽來如何呢？」

華利．維特輕手輕腳的滑行到他倆中間。「艾迪，」他柔聲道，於是艾迪便退開身，讓唇上那朵笑容消失掉。華利轉向線香小販說：「小哥，你跟我沒冤沒仇的。這會兒我有任務在身，想來先生你也有自己的生意要做吧。」

「我們這位兄弟也有生意要做。」

「呃，他只有不靠蝙蝠俠賺錢才成哪，因為法律是這麼說的。不過閣下你如果想當蝙蝠俠，硬要多管閒事跟我們這位對罵祖宗八代的話，那我就別無選擇了。懂我意思吧？」

「我也不過是說，我是說你們如果想扣押這人的貨品，總得有警察身分也該有法院的傳令吧，得有個什麼官方文件啊。」

「好，」華利說。「你這麼說，我也聽到了，不過依我說哪我是大可以想幹就幹，管他什麼官方授權。這會兒如果你打算報警處理，行，請便，不過你那廂去報我這廂可是要按鈴控告你販賣吸毒用具外加違法擺攤——」

「我這兒擺的不是吸毒用具，老兄。你跟我一樣清楚。」

「我們都很清楚，你只是想找碴，而且我們都很清楚後果會是怎樣。你真想這麼來嗎？」

線香男站著不動好一會兒，然後垂下眼睛。「我想怎樣並不重要。」

「嗯，這話就對了，」華利告訴他。「你想怎樣並不重要。」

∞

我們把襯衫和遮陽帽丟進行李箱，然後把車開走。一路駛向亞斯鐸區時，艾迪說：「剛才你其實不用插手。我又沒要發脾氣。」

「我可沒說你會。」

「他說我娘怎樣可沒惹到我。黑鬼講話就那德行，專愛飆那種垃圾。」

「我知道。」

「他們其實也想講老爸，問題是他們搞不清天殺的老爸是誰，所以只好卡在媽咪身上。剛那實在好臭，我應該把那支垃圾栽進他屁眼兒才對，媽的栽進他那洞糞坑裡頭。老子最恨好管閒事的癟三。」

「人行道上為小民申冤的律師。」

「人行道上的屁蛋還差不多。也許待會兒我還要折回去，找他好好談談。」

「用你自己的時間。」

「是啊用我自己的時間。」

亞斯鐸區的露天市集氣氛比較閒散自由，有很多遊民樣的人在展售搶救來的垃圾和贓貨。我們走經那些偷來的收音機和打字機和珠寶，專心獵覓合法批購但非合法製造的貨品。我們的角色在這兒顯得格格不入。我們沒找到展售中的蝙蝠俠商品，不過倒是有很多人包括顧客和攤販都把披風聖戰士穿在身上。我們可沒打算扒下誰身上的襯衫，也沒認真在找違禁品；這個地方滿滿都是毒蟲和瘋子，該是退場的時候了。

「咱們走人吧，」華利說。「車子停這一帶我不放心。咱們已經對客戶有了交代。」

我們四點前回到華利的辦公室，他的桌上滿滿堆著我們的血汗結晶。「瞧這攤垃圾，」他說。「今天的廢物便是明日的寶物。再過二十年他們可是會在克莉絲蒂拍賣這些大便喔。倒也不是眼下這堆啦，因為我馬上就要找人把它們交給客戶扔進焚化爐裡燒個精光。眾位好漢，大家今天辛苦了。」他掏出皮夾，給我們四個一人一張百元大鈔。他說：「明天同一時間見囉？只除了明兒個咱們午餐要改吃中菜。艾迪，別忘了你的提包。」

「甭擔心。」

「問題是，如果你回頭去找你的雷士塔朋友的話，千萬不要拎了去。不能讓他會錯意。」

「幹，」艾迪說。「老子還沒時間陪他玩哩。那渾球想把線香插到屁眼裡頭，只能自己動手啦。」

李和吉米和艾迪一道走出去，一路說說笑笑拍來打去。我起步尾隨在後，然後又折回去問華利有沒有空。

「當然，」他說。「老天，真不敢相信哪。你瞧這。」

「是蝙蝠俠衫。」

「不是蓋的，神探先生。你瞧蝙蝠俠標誌底下印了個啥。」

「版權標示。」

「沒錯，所以這衫是合法貨品囉。咱們還有這種玩意兒嗎？這個不是，那也不是。等等，這兒一件。這兒又一件。老天，不可思議。還有別的嗎？我沒瞧見別的，你呢？」

我們翻翻找找，沒再看到印著版權標示的襯衫。

「三件，」他說。「嗯，也還好。小小量而已。」他把三件T恤揉成一團，丟回那堆貨品上頭。

「你想拿一件嗎？這是合法的，你可以穿在身上不用擔心給沒收。」

「不必了。」

「你有小孩吧？拿回去給孩子穿嘛。」

「一個在上大學，一個當兵。他們應該沒興趣。」

「也許吧。」他從桌子後頭走出來。「呃，今天還滿順的，對吧？咱們搭配得不錯，發揮團隊力量。」

「大概吧。」

「怎麼啦，馬修？」

「也沒什麼，真的。不過我想明天我還是算了。」
「算了？怎麼回事？」
「呃，首先呢，是因為我得去看牙醫。」
「噢，是嗎？幾點？」
「九點一刻。」
「能花多久時間哪？半個鐘頭，頂多一個小時吧？十點半到這兒跟我們碰頭也沒關係。客戶不用知道咱們幾點上路。」
「倒也不只是因為要看牙，華利。」
「噢？」
「我不太想做這種事了。」
「什麼事？保護版權和商標嗎？」
「噯。」
「怎麼？閣下覺得有失身分？沒辦法施展你神探的長才？」
「不是啦。」
「其實這種營生回收不壞啊，我覺得。短短一天就賺一百，十點到四點，午休一個半鐘頭午餐又免費。老兄你午餐吃不多也不喝酒，不過還是划得來啊。中飯就當十塊好了，算一算等於，呃，四個半鐘頭就有一百一的進帳吧？」他往桌上的計算機敲敲數字。「一個小時賺進二十四點四四美金，工資不壞。如果想撈更多銀子的話，我看就只有拿到宵小的工具或者律師的執照了。」

「回收其實滿好，華利。」

「問題出在哪呢到底？」

我搖搖頭。「我就是狠不下心，」我說。「那夥人連英文都不會說，我們卻要找麻煩，查扣他們的東西就因為我們比他們強悍而且他們拿我們沒輒。」

「他們可以停賣違禁品啊，那就沒事啦。」

「怎麼停？他們連什麼是違禁品都搞不清。」

「所以囉，我們這就派上用場啦。我們是在教育他們。沒人教的話，他們怎麼學得會？」

我早先已經鬆下領帶。這會兒我乾脆解下領帶，摺好了放進口袋。

他說：「這家公司買下版權，自然有權管控誰能使用這版權。那家公司簽了認證合約買下製造權，自然有權決定誰能生產。」

「這我沒意見。」

「那問題出在哪裡？」

「他們連英文都不會講，」我說。

他直挺挺的站起來。「請問是誰要他們來這兒的？」他想知道。「媽的誰請他們來了？城中區走沒幾步就要撞上一個塞內加爾來的超級售貨員。他們從達卡搭非航一窩蜂擠進來，沒兩下就在聞名全球的第五大道擺起露天商家來。他們不付租金不繳稅，他們只是往水泥地上攤條毯子然後就銀元滾滾來。」

「他們看來沒賺多少錢。」

「應該混得還不錯吧。一條圍巾買價兩塊賣十塊，利潤甚佳。他們住在布萊恩那樣的旅館，沙丁魚樣的擠一起，一個房間六、七、八個人，輪流睡覺用電鍋煮菜。如此這般搞他三兩個月後又回到他媽的達卡。他們把錢一撒，花個幾分鐘製造下一個小孩，然後又插著翅膀飛回甘乃迪機場一切從頭再來。你說我們需要這種狗屁事嗎？咱們自家不是已經有數不清的黑鬼餓肚皮了嗎，還需要用飛機再載更多來嗎？」

我翻看他桌上那堆貨品，挑了個上頭印有小丑的遮陽帽。搞不懂怎的有人想買這玩意。我開口道：「你說總額加起來有多少？咱們查扣下來的東西。幾百塊吧？」

「老天在上，我不知道。一件T恤算十塊好了，咱們有幾件呢，三十還是四十件？再加上運動衫，還有其他東東，我賭總共將近一千吧。怎麼？」

「我只是在想。你付我們一人一百，外加午餐的錢不管多少。」

「午餐是八十外加小費。你的重點是？」

「請問你跟客戶以人頭計費是怎麼算，我們一人一小時五十沒錯吧？」

「我還沒在跟誰計什麼費哩，我才走進那道門拜託。不過沒錯，費用是這麼多。」

「時間呢，一天算工作八小時嗎？」

「七個鐘頭。午餐的時間不算。」

七小時感覺還滿多的，因為我們通共只做了四個半鐘頭。我說：「七乘五十再乘以四，所以我們四個你跟他收多少？一千四吧？再加上你自己投入的時間，當然，而你本人收的費用肯定比一般價碼高。一小時一百嗎？」

「七十五。」

「七小時的話是多少，五百？」

「五百二十五，」他不動聲色的說。

「再加上一千四的話，總計一千九百二十五。就算跟客戶拿兩千好了。這數字差不多吧？」

「你想講什麼啊，馬修？客戶付太多，你們分的羹太少？」

「都不是。不過如果他想囤積這些垃圾的話——」我朝桌上那堆擺擺手——「自己上街零買不更好嗎？投資報酬率更高，不是嗎？」

他瞪著我久久不放。然後，他繃硬的臉陡地裂開來，他呵呵大笑。我也笑了，空氣中所有的緊張煙消雲散。「天老爺，你說的沒錯，」他說。「那人還真付太多了。」

「我的意思是，如果你想幫他代理的話，其實不需要雇我跟其他人的。」

「我可以直接逛街付現就好。」

「沒錯。」

「我甚至可以越過街頭小販，直接找上批發商。」

「這又省了幾把銀子。」

「妙啊，」他說。「你知道聽來像啥嗎？像是聯邦政府會幹的事：要掃毒乾脆就跟哥倫比亞人直接買毒。等等，他們有一回不就真的幹了這檔事兒麼，買下古柯鹼？」

「好像，不過應該不是古柯鹼。」

「噢對，是鴉片。好幾年前的事了，他們買下土耳其產的所有鴉片，因為照說這是清空本國所有鴉片最划算的做法。全數買下然後燒光，而這，各位青年朋友，這就是美國海洛因成癮人口絕跡的開始。」

「成效斐然，對吧？」

「成效零分，」他說。「現代社會執法成效的第一條定律。全是徒勞。好玩的是，現下這個例子客戶的回報倒是不差。你如果買下版權或者商標，就得自個兒捍衛好。否則就有搞丟的危險。你要搞清楚你是某年某月某日付了多少錢捍衛自己的利益，而幫你代理的調查員又是把多少貨品從多少商人手裡查扣下來。加減算算你還是划得來。相信我吧，這些個大企業，如果他們覺得不上算的話，才不會一年年的掏腰包砸銀子呢。」

「這我相信，」我說。「總之，如果客戶給幹掉幾把銀子，我可不會睡不好就對了。」

「你只是不愛這行當。」

「怕是沒錯。」

他聳聳肩。「這我不怪你。全是狗屁。不過老天在上，馬修，警探工作十之八九都是垃圾啊。以前在偵緝組幹的活兒跟這有差嗎？或者其他警務？咱們以前做的大半都是屁。」

「還有文書處理。」

「還有文書處理，可不是嘛。屁事做完以後還得寫報告。外加影印。」

「某種程度的狗屁我還可以忍受，」我說。「不過天地良心咱們今兒做的我還真不忍心。」

「喔，我寧可啪個一腳把門踢開砰砰砰打倒壞人。是這意思囉？」

「不盡然。」

「乾脆當蝙蝠俠好了，行俠仗義開車行遍高譚市（譯註：Gotham City是蝙蝠俠漫畫中虛構的邪惡城市），連把槍都不帶就把惡人收拾乾淨。你知道電影裡頭少了什麼嗎？」

「我還沒看電影呢。」

「羅賓，裡頭沒有羅賓。神童羅賓（譯註：蝙蝠俠作者創造羅賓一角的靈感來自羅賓漢的故事，漫畫中他原本是馬戲團一對特技夫婦的獨子，八歲時父母遇害身亡，蝙蝠俠見義勇為收留他，並訓練他為助手，兩人一起住在豪華的地下室亦即蝙蝠洞裡）。之後出的漫畫把他去掉了。聽說他們做過民調，要讀者電話投票，看是該把羅賓留下還是讓他死掉。就像古羅馬一樣，那些個打鬥送死的人是怎麼稱呼的？」

「神鬼戰士。」

「對。拇指朝上還是朝下，羅賓得了個朝下的拇指，所以他們就把他殺了。這你信嗎？」

「我什麼都有辦法信。」

「是啊，我跟你一樣。我老覺得他們是玻璃圈的。」我看著他。「蝙蝠俠和羅賓，我是說。媽的他的被監護人哩，老天在上唬誰啊。扮裝出遊四處飛，劇服配件什麼都來，媽的應該是某種SM

遊戲之類你不覺得嗎？」

「從沒這麼想過。」

「呃，我可從來沒為這檔子事睡不著，不過擺明了就是啊。總之這會兒他已經死了，羅賓死也，死於愛滋我想，不過家人否認，那個叫啥名字的。你知道我在說誰吧。」

我不知道，不過我點了個頭。

「人總得賺錢維生你說是吧。總得有進帳啊，不管是騷擾黑佬或者乾脆自己下海蹲在路邊叫賣卡帶圍巾。五塊、十塊。」他看著我。「幹不來，嗄？」

「沒辦法，華利。」

「不想當蝙蝠俠的幫手麼。好吧，沒辦法做的事你就是做不來。媽的這種事我又懂個屁呢說起來？你不喝酒，這我是沒意見，不過如果上完一天工後沒法兒翹起兩腿灌他幾杯黃湯的話誰曉得呢，搞不好我也幹不來。馬修啊你是好人，如果哪天你改變主意——」

「我曉得。謝了，華利。」

「唔，」他說。「別客氣。咱們總得互相幫著點啊，懂我意思吧？在這個高譚市裡頭。」

慈悲的死亡天使

「大家來這兒是要等死，史卡德先生。他們辦理出院手續，放棄自己的公寓，來到慈惠所。因為他們知道我們提供舒適的環境。而且他們知道我們願意放手讓他們死。」

卡爾．歐科特身材瘦長，細長的鷹勾鼻配上尖長的下巴，金色的頭髮和草莓金的八字鬍露出了幾許灰。他的兩頰凹陷，臉皮緊緊拉過頭骨。他有可能生來就沒什麼肉，也可能是工作太過勞累。由於他是可怕的二十世紀的最後十年的同性戀，另一個可能浮現了。亦即他是ＨＩＶ陽性反應。亦即他的免疫系統有問題——終將殺死他的病毒已經蟄伏在他體內，伺機而動。

「由於本院開辦的目的是要讓人死得輕鬆，」他在說：「所以抱怨有人死去似乎不甚搭調。在這兒，死亡並非敵人。死亡是朋友。這兒的病人當初來找我們時情況就已經很糟了。覓尋安寧病房的人，不會是剛聽到驗血的初期診斷，也不會是剛碰上第一顆紫色卡波西氏肉瘤。首先你會嘗試各種辦法，包括否認以及所有暫時有效的東西，不過到頭來一切都會失效，立妥威沒用了，噴他醚也不行，露意絲梅的正向思考療法錄音帶還有水晶療法也不再有效。連否認都行不通了。當你準備好要面對死亡時，你會來到這裡，我們會送你離開。」他淡淡一笑。「我們會畢恭畢敬的送你出門。我們不會一腳把你踹走。」

「不過你現在是想——」

「我不知道我是怎麼想的。」他從一座插了八支菸斗的胡桃木托台選了根石南菸斗，檢視一下聞聞菸嘴。「葛瑞森·路易斯死得太早，」他說。「死亡的時間不對。他原本還好好的——跟其他人比起來。他的確飽受折磨，巨細胞中毒導致他的眼睛瞎掉，不過他的體質仍然不錯。他確實面臨了死亡當然，他們全都面臨死亡，我們也全都面臨死亡，不過死神應該還沒叩他的門才對。」

「出了什麼事？」

「他死了。」

「死因呢？」

「不知道。」他吸進沒點的菸斗的味道。「有人進他房間發現他死了。沒有進行解剖。通常不來這套。何必呢？醫生都不想為愛滋病患做解剖，因為不希望增加感染風險。當然，這兒大部分的員工都是血清素陽性反應，不過即便如此你還是會想盡辦法避免不必要的暴露。數量有可能帶來差別，而且也許發展出了什麼多重變體。病毒會有變體，你知道。」他搖搖頭。「我們還有太多不知道的東西。」

「沒有進行解剖。」

「沒有。原本我是考慮過要找人做。」

「為什麼放棄？」

「跟大家不願做抗體檢驗是同樣道理。擔心真相醜陋。」

「你覺得有人殺了路易斯。」

「我認為有可能。」

「因為他死得突然。不過這種死法也不是沒有，對吧？就算沒病的人也一樣。有可能中風或者心臟病發作。」

「這話沒錯。」

「發生過類似的事，對吧？路易斯不是頭一個。」

他悲傷的笑起來。「你很行。」

「這是我的本行。」

「嗯。」他的手指忙著撫弄菸斗。「是有幾次暴斃的狀況。不過如你所說，這種事在所難免。其實沒什麼啟人疑竇的跡象。現在也還是沒有。」

「不過你起疑了。」

「是嗎？也許吧。」

「把故事講完吧，卡爾。」

「抱歉，」他說。「我不太乾脆，對吧？葛瑞森．路易斯有過一名訪客。她在他房間待了二十分鐘，也許半個鐘頭。她是最後一個看到他還活著的人。她有可能是第一個看到他死去的人。」

「她是誰？」

「不知道。這幾個月她都有來。她一定帶著花，逗人開心。上一回她帶的是黃色香雪蘭。倒沒有花大錢，只是轉角那家韓國店買的五塊錢一束的花，不過真是讓房間一亮。」

「她以前來找過路易斯嗎？」

他搖搖頭。「找過其他人。她約莫一個禮拜來一次，總會點出一個病患的名字說要見。她拜訪的對象通常都病入膏肓了。」

「然後他們就會死掉？」

「也不是每一個。不過次數的確多到有人講話了。話雖如此，我可沒有妄下斷語認定禍源就是她。我覺得她只是直覺比較強：誰在鬼門關前晃，她就會給吸了去，」他偏著頭看旁邊。「她找路易斯的那回，有人打趣說他的房間應該很快就會空出來。在這兒上班的人，私下都會變得不太尊重死者。要不還真會瘋掉呢。」

「警局的情況也一樣。」

「想當然耳。如果哪個人咳個嗽或者打噴嚏，旁人可能會說：『該糟啦，慈悲可能要把你列入榜單囉。』」

「這是她的名字嗎？」

「沒有人知道她叫什麼。這是我們私下取的名字。慈悲的死亡天使。慈悲是簡稱。」

∞

一個名叫鮑比的男人在他四樓的房間裡坐直了。他一頭灰色短髮灰色粗毛八字鬍，灰敗的臉因為卡波西氏肉瘤東紫一塊西紫一塊。雖然這病搞得他慘兮兮，他的臉卻是年輕得叫人神傷。他是個毀了的天使娃娃，世上最老的小男孩。

「昨天她來了這裡，」他說。

「她找過你兩次，」卡爾說。

「兩次？」

「上禮拜一次，三、四天前又一次。」

「我還以為只有一回呢。而且我以為是昨天。」他皺皺眉。「感覺全都像是昨天才發生的呢。」

「什麼事情，鮑比？」

「所有的事。箭頭夏令營。我愛露西。登陸月球。一個好長好長的昨天，所有的事情全塞了進去，就跟他的衣櫃一樣。我不記得他名字，不過這人的衣櫃很有名。」

「費柏・麥基（譯註：Fibber McGee，美國三〇到五〇年代一個廣播電台秀的主角，這個喜劇節目已成經典，裡頭的笑點之一便是費柏・麥基的衣櫃——櫃門一開就會湧出沒完沒了的雜物），」卡爾說。

「搞不懂怎的記不起他名字，」鮑比懶懶說道。「應該都會回來吧。昨天我會想起來的。」

我說：「她來看你的時候——」

「她好美。高高的很苗條，眼睛迷死人。一襲飄逸的鴿子灰長袍，血紅色的圍巾圈在脖子上。我不確定是不是真有這人。我覺得她可能只是幻象。」

「她跟你說了名字嗎？」

「不記得了。她說她過來是要陪我。而且她大半時間只是坐著，就坐卡爾現在坐的地方。她握著我的手。」

「她還說了什麼？」

「說我很安全。說不再有人可以傷害到我了。她說——」

「嗯？」

「說我沒有罪，」他說，然後便抽泣起來，任由眼淚流下來。

他盡情哭了一會兒，然後伸手拿張面紙。他再度開口時，聲音平穩，甚至有點疏離。「她來過這兒兩次，」他說。「我現在想起來了。第二回我擺出不屑的樣子指天罵地，還跟她說如果她不想久留的話，大可以走人。然後她就說如果我不想久留的話，大可以走人。」

「然後我就說，是喔，我這就啣朵玫瑰跳著踢踏舞滑過百老匯大道去囉。然後她說，不是這意思，她說我只消放開手，我的靈魂就可以自由遨翔。我看了她一眼，這才明白她在講什麼。」

「然後呢？」

「她要我放開手來別再執著，拋下一切走向亮光。然後我就說——感覺好怪，你知道？」

「你說了什麼，鮑比？」

「我說我看不到亮光，而且我也沒準備好要迎向它。然後她說沒關係，她說只要我準備好了，亮光自然會在那兒引導我。她說時機到的時候，我會知道怎麼做。然後她就講到該怎麼做。」

「怎麼做?」

「放下一切,走向亮光。她講的話我記不全。我連那個過程發生了沒有都不確定,也許有一部分只是夢。我已經亂掉了。有時候我做了夢之後卻覺得那是我生命裡的某一段。有時候我回頭看著過去,卻覺得有層紗蓋在上頭我好像從來沒活過那段,一切彷彿只是一場夢。」

∞

回到辦公室以後,卡爾挑了另一支菸斗,把泛黑的菸嘴湊上鼻子。他說:「你問我為什麼打電話找你而不報警。請問你能想像鮑比面對警方偵訊的場面嗎?」

「他的神智好像在清明和混沌之間穿梭來去。」

他點點頭。「病毒已經穿過血腦障壁。如果你打敗了卡波西氏肉瘤和伺機而起的各種感染,你的戰果就是失智症。鮑比大半時間神智清楚,不過他的某些腦神經連結已經燒壞了。或者生鏽了,還是堵住了——總之就是擺了他一道。」

「有些警察懂得怎麼跟這樣的病人做筆錄。」

「話是沒錯,不過你能想像眾家八卦雜誌的頭條標題嗎?慈悲殺手席捲愛滋安寧中心。我們沒鬧新聞就已經很難混了。你曉得,每次報紙登說虐待動物防治協會又安樂死了幾隻貓和狗,捐款就會唰個滑下去。想想看我們的情況會是怎樣。」

「有些人會捐更多給你們。」

他笑起來。「一千塊給你們——請幫我殺掉十個。搞不好還真給你說中。」

他再次嗅嗅菸斗。我說：「你曉得，其實你不用考慮到我，抽就是了。」

他瞪眼看我，然後看看菸斗，彷彿納悶起菸斗怎麼會在手裡。「這棟大樓全面禁菸，」他說：「何況，我又不抽。」

「菸斗是這間辦公室的附屬品嗎？」

他臉紅起來。「菸斗全是約翰的，」他說：「我們同居過。他死了……老天，十一月就滿兩年了。感覺好像沒有那麼久。」

「很遺憾，卡爾。」

「我以前習慣抽菸，萬寶路，但幾百年前就戒了。不過他抽菸斗的時候，我倒從不介意。我一直很喜歡那種香味。而現在我是寧可聞他菸斗的味道，也不想聞到愛滋味。我說的那種味道你懂嗎？」

「嗯。」

「不是每個愛滋人都有，不過很多人有，而且大半的病房味道都好重。你到鮑比的房間一定有聞到。是一種猥褻的霉味，聞起來像是爛掉的皮革。我再也受不了皮製品的味道了。以前我好愛皮革，可是現在我總免不了把它跟同性戀在又臭又悶的房間裡逐漸死去的臭味聯想到一起。

「這棟樓我聞起來就是這味兒。每樣東西都蒙上消毒劑的怪味。我們用的消毒劑是以噸計量，噴霧和液態的都有。病毒其實還滿脆弱的，一出人體可存活不了多久，然而不怕一萬只怕萬一，所以房間和走廊到處都是消毒劑的怪味。不過在那底下，永遠還是有著這個病的味道。」

他翻弄手裡的菸斗。「他的衣服全是那種異味。約翰的。所有的東西我都送人了，不過我已經把他和他菸斗的味道聯想在一起了，何況菸斗又是那麼私密的物品不是嗎，菸管上還留著吸食者的齒痕。」他看著我。他的眼睛乾燥，聲音宏亮平穩。悲傷不在他的語氣裡，只在他的話語當中。「十一月就滿兩年，雖然老天在上感覺還真沒那麼久——我是用一種味道擋住另一種。同時我想也是藉由這個填補歲月的鴻溝吧。讓他和我貼近一點，」他放下菸斗。「言歸正傳。你可以幫忙調查一下我們的死亡天使嗎，小心行事而且不列入官方記錄？」

我說可以。他說他得先給我一筆預付金，說著便打開桌子最上層的抽屜。我告訴他沒有必要。

「但這不是雇用私家偵探的例行程序嗎？」

「我不是私探——沒登記。我沒有執照。」

「你跟我說了，不過即便如此——」

「何況我又不是律師（譯註：預付金retainer通常是指付給律師的費用），」我表示：「總之偶爾做點公益也無妨啊。如果得花太多時間我會告訴你，不過目前暫且就把這當做我的捐款吧。」

∞

安寧中心在格林威治村，位於哈德遜街。蕾秋·布斯班住在離此處往北五哩的一棟義大利式棕石建築裡，位於克來蒙大道。她的丈夫保羅每天走路到哥大教書，他是該校的政治系副教授。蕾秋是接外包的編輯人，受雇於好幾家出版社幫忙定稿工作。她的專長是歷史和傳記。

這些資訊都是我們在她那間書香四溢的客廳喝咖啡時她告訴我的。她談到她正在編輯的一份稿子——一位在十九世紀末時成立某教派的女人的傳記。她談到她的小孩——兩個男孩，他們約莫一個小時內就會放學回家。講著講著她的興致沒了，於是我便把話題帶回她哥哥亞瑟・范柏格身上，他住過莫頓街，為城中一家投資公司做資料收集的工作。而且他是兩個禮拜前死於慈惠所。

「人真是會死抓著生命不放，」她說。「就算活的品質爛透了。就算你滿心希望死掉。」

「你哥哥想死嗎？」

「他甚至禱告求死。病魔一天天奪走一點點的他，如同小獸般啃著他嚙著他，然後月復一月地獄樣的日子終於奪走了他求生的意志。他沒辦法再鬥下去了。他沒有搏鬥的工具，也沒有搏鬥的目標。不過他還是繼續活下去。」

她看著我，然後別開臉。「他求我殺了他，」她說。

我沒吭聲。

「我怎能拒絕他呢？可是我又怎能幫忙他？起先我覺得那樣不對，然後我又決定那是他的生命，如果他想要的話，誰又有權利不讓他結束掉？可我怎麼下得了手，又要怎麼下手呢？

「我想到藥丸。家裡除了治經痛的蜜朵爾以外什麼都沒。我找我的醫生說我睡不著。哈，這話也是真的。他開了處方讓我買十二顆待捷盼。我沒費事到藥局買。我不想給小亞一把鎮靜劑，我想給他那種二次大戰電影裡間諜專用的氰化物膠囊。只要一口咬下，你就走了。可我要上哪兒找那種東西呢？」

她往前傾坐。「你還記得中西部那個把他小孩身上的呼吸器拔掉的男人嗎？醫生不肯讓小男孩死掉，他的父親就揣了把槍跑到醫院擋掉所有人直到他的兒子嚥下最後一口氣。好個英雄。」

「很多人都這麼想。」

「老天，我真希望自己是英雄！我天馬行空想了好久。有這麼首羅賓遜・傑弗斯的詩，講到一隻跛腳鷹，敘事者結束了牠痛苦的生命。『我給了牠一個lead gift』〔譯註：lead gift為雙關語：最棒的禮物或者鉛製的禮物〕，他說。意思是子彈，鉛製的禮物。我也想給我哥那樣的禮物。我名下沒有槍，我堅信槍枝沒有存在的必要。總之以前是那樣，可現在我已經搞不清自己到底有什麼信念了。

「如果當時我有槍的話，我會走進房裡朝他開嗎？我狠不下心。我有把刀，我的廚房全是刀，而且請你相信，我是想到要往皮包塞把刀子走進房裡等他盹著以後便要一刀插進他肋骨之間刺進心臟的。畫面我都想好了，每個層面也都考量過，可我沒下手。天老爺，我從來沒在包包塞把刀子出過門。」

她問我是否要添咖啡。我說不用。我問她哥哥有沒有其他訪客，不知道他是否也跟其他人做過同樣請求。

「他有十幾個朋友，男男女女都是愛他的人。而且沒錯，他應該求過他們。他跟所有人都說了他想死。他雖然熬了那麼那麼久奮力求生，不過到頭來他卻是求死心切。你覺得有人幫了他嗎？」

「我覺得有可能。」

「老天，但願如此，」她說。「遺憾的是，那人不是我。」

∞

「我還沒做檢測，」艾鐸說。「本人為芳齡四十有四的同性戀男子，十五歲開始性生活便非常活躍。我不需要做檢測，馬修。我假設我是血清素陽性反應。我假設每個人都是。」

他是個泰迪熊樣的富泰男子，黑髮鬈曲，臉孔如同微笑鈕釦一般是永遠的歡樂。我們在布里克街一家咖啡屋共用一張小桌子，這兒離他販賣漫畫以及棒球卡給收藏家的店子只有兩個門面。

「我也許不會得病，」他說。「我也許會因為縱情美食好酒壽終正寢。我也許會給公車撞死或者讓搶匪殺掉。如果我果真得病，我會等到最難捱的那一刻因為我熱愛生命，馬修，我還真愛。不過時候若是到了我不會搭慢車離開。我打算坐上高鐵說拜拜。」

「你聽來像是已經把行李打包好了。」

「不帶旅行箱。輕裝出遊。你還記得那首歌嗎？」

「當然。」

他哼了幾節音符，一腳輕輕踩出節奏，我們小巧的大理石面桌子隨著那律動搖晃。他說：「我的藥丸多得夠我達成任務。我還有把上了膛的手槍。而且我想我也有膽在我必須動手時做我必須動手做的事。」他皺起眉頭——他少有的表情。「怕就怕在等過久，搞到躺在醫院的病床虛弱得什麼也幹不來。給腦炎摧殘得想不起你該怎麼做，一心求死但又無法獨力完成。」

「聽說有人願意伸出援手。」

「你聽說了，嗄？」

「某個女子。」

「你到底想怎樣，馬修？」

「你是葛瑞森・路易斯的朋友，還有亞瑟・范柏格。有這麼個協助想死的人尋死的女人，她很可能幫過他們。」

「然後呢？」

「想來你知道要怎麼找到她吧。」

「誰說的？」

「我忘了，艾鐸。」

微笑又回來了。「你好謹慎是吧？」

「非常。」

「我不想給她添麻煩。」

「我也不想。」

「那就放過她如何？」

「有個安寧中心的主管擔心她到處殺人。他打電話給我而沒有報警展開正式調查，不過如果查不出名堂——」

「他就會報警處理。」他找到通訊錄，抄了個號碼給我。「請你不要給她惹麻煩，」他說。「搞不好我也會需要她。」

∞

當晚我打電話給她，我們隔天下午在華盛頓廣場附近的一家酒吧碰頭。她從頭到腳都和眾人描述的一樣，包括那襲灰色長袍和外罩的灰色披風。她今天圈的圍巾是金絲雀黃。她喝沛綠雅，我也點了一杯。

她說：「跟我談談你的朋友吧。你說他病得很重。」

「他想死。他一直求我幫他結束生命可我下不了手。」

「嗯，想當然耳。」

「我是希望也許可以請你去看他。」

「如果你覺得有幫助的話。跟我講講他的事，好嗎？」

我覺得她應該不到四十五，頂多就是這年齡，不過她的臉有種古老的味道。你不需要多麼投入輪迴的說法就會相信她有過前生。她的五官輪廓很深，眼睛是泛灰的藍。她的聲音低沉，配上她的身高，讓人不禁懷疑起她的性別。她有可能做過變性手術，要不就是個扮裝男子。不過我想應該不是。她身上有種永恆女性的氣質，而且不致給人仿諷的感覺。

我說：「我沒辦法。」

「因為沒這麼個人。」

「只怕多得很呢，不過我還沒有人選。」我大略跟她說明我的目的。我講完後她任由那片靜默蔓延，然後才問我是否覺得她有可能殺人。我跟她說別人會做什麼我們很難判定。

她說：「我覺得你應該親自看看我是怎麼做的。」

她站起來。我把錢放到桌上，尾隨她走上街去。

我們搭乘計程車到第九大道以西的二十二街，在一棟四層高的磚樓前面下車。我們爬了兩段樓梯，她敲了門後有人來應。我在跨過門檻以前就聞到病的味道。開門的年輕黑人男子看到她很高興，而有我陪行他並不驚訝。他沒問我的名字也沒告訴我他的。

「凱文好疲累，」他告訴我們兩人。「看了叫人心碎。」

我們穿過家具稀少的整潔客廳，走下一條短短的甬道來到一間臥房。味道在這兒又更濃了。凱文靠坐在搖起了床頭的床上。他看來如同熬過了飢荒或者集中營。他的眼睛布滿驚惶。

她拉了張椅子坐在他床邊。她拉著他的手，另一隻手輕撫他的額頭。「你現在沒事了，」她告訴他。「你很安全，不需要再受苦了，你已經完成所有該做的事，現在可以放鬆現在可以放手了，走向亮光吧。」

「你做得到的，」她告訴他。「閉上眼睛吧，凱文，走到你內心深處，找著那個緊抓不放的部分。你裡頭有個什麼如同緊握的拳頭，我要你找到它與它同在。然後放手。讓拳頭伸展開來。感覺像是拳頭正握著一隻小鳥，如果你攤開手小鳥就可以自由飛翔。放開手吧，凱文。不要執著。」

他費力想要開口，不過頂多也只能發出類似喀嘎的噪響。她轉身面對黑人男子，他正站在門口。「大衛，」她說：「他的父母都不在了，對吧？」

「應該都過世了吧。」

「他跟他們哪個比較親呢？」

「不曉得耶。據我所知他們都是早就走了。」

「他有過愛人嗎？在你之前，我是說。」

「凱文和我從來不是愛人。我跟他根本不熟。我來這兒是因為他沒有別人了。他有過一個愛人。」

「他的愛人走了嗎？他叫什麼名字？」

「馬丁。」

「凱文，」她說：「你已經沒事了。你只消走向亮光就好。你看到亮光了嗎？你的母親在那裡，凱文，還有你父親，還有馬丁——」

「馬可！」大衛叫道。「噢，老天，真抱歉，我好遜，不是馬丁，是馬可，馬可，他叫這名字。」

「沒關係，大衛。」

「媽的我好遜——」

「仔細看著亮光，凱文，」她說。「馬可在那兒，還有你父母，還有愛過你的每個人。馬修你來，握著他另一隻手吧。凱文親愛的，你不用在這裡待下去。你已經做了所有你來這兒要做的事情。你不需要留下。你不需要緊抓著不放。你可以放手，凱文。你可以走向亮光。打開心門放手吧，伸開手來迎向亮光——」

我不知道她跟他講了多久。十五、二十分鐘吧，我想。好幾次他又發出喀嘎的聲音，不過大半時間他都很安靜。一時間彷彿無事，然後我才領悟到他的恐懼已經離去。她好像已經把它驅走了。她繼續跟他講話，撫摸他的眉毛握著他手，而我則握著他另外一隻。我不再注意她講話的內容了，只是讓那些話語流過，我的心與纏絞的念頭嬉戲如同小貓玩著毛線球。

然後事情發生了。房裡的能量出現變化，我抬起頭來，知道他已經走了。

「是的，」她喃喃道。「是的，凱文。上帝祝福你。上帝賜你安息。是的。」

∞

「有時候他們會陷入泥沼，」她說。「想要離開卻動不了。他們緊抓太久了，你知道，所以不知道該怎麼鬆手。」

「所以你就伸出援手。」

「如果我幫得上忙的話。」

「如果你愛莫能助呢？假設你講了又講他們還是緊抓不放呢？」

「那就表示他們還沒準備好。不妨以後再說。放手是遲早的事，死亡等著我們每一個人。不管有沒有我的幫助。」

「而如果他們沒有準備好——」

「有時候我會改天再去。有時候他們果真就準備好了。」

「懇請幫忙的人又怎麼處理呢？那些像亞瑟・范柏格的人，求死心切但身體卻又還沒弱到可以放手？」

「你希望我說什麼呢？」

「你心裡的話。那句卡在你喉嚨的話，卡著你如同凱文想丟棄的生命卡在他的喉嚨裡一般。你還緊抓著不放。」

「打開心門放手就好，嗄？」

「如果你願意的話。」

我們漫步在雀喜區的某處，而且已經走了整整一個街區兩人都沒開口。然後她說：「我覺得藉由談話來幫助別人以及動手加速死亡之間，確實是有很大的差別。」

「我同意。」

「兩者之間我做了分際。不過有時候，雖然劃了線——」

「你還是會踩上。」

「沒錯。頭一回我發誓我是糊里糊塗做的。我用了個枕頭，我把枕頭放在他臉上然後——」她呼吸沉重。「我發誓以後絕對不會再犯。不過之後又有個人，他好需要幫助，你曉得，所以——」

「所以你就幫了他。」

「是的。我做錯了嗎？」

「我不知道什麼是對什麼是錯。」

「受苦是錯的，」她說：「除非這是祂的旨意，然而我又哪敢決定這是不是祂的旨意呢。不肯放手的人或許是因為在他們踏向遠方以前還有一樣功課得學。媽的我又是誰，膽敢決定這人的生命到此應該結束？我怎敢擅自介入？」

「不過你還是介入了。」

「偶爾為之——在我真的找不到其他方法的時候。然後我就動手做我該做的事。這種事想來我應該是有個選擇，不過我發誓我真的沒有這種感覺。我覺得好像根本沒有選擇。」她停下腳步，轉身看我。她說：「這會兒你打算怎麼做呢？」

∞

「嗯，她就是慈悲的死亡天使，」我告訴卡爾．歐科特。「她探訪病患以及將死的人，幾乎每次都是受邀而去。某個朋友找上她，或者某人的親戚。」

「他們付她錢嗎？」

「有時候他們會試。她不肯收錢。連花兒她都是自己付錢買的。」她帶了鳶尾花去凱文二十二街的公寓。藍色的花——黃色的花心和她的圍巾相襯。

「她在做公益，」他說。

「而且她跟他們談話。你也聽到鮑比怎麼說了。我看到她實際的運作模式。她講著講著，把那可憐蟲從這個世界講到下一個去了。想來你是可以爭辯說，她的方式近似催眠太危險，說她是把人催眠以後讓他們願意自我了結，不過這種說法很難想像可以拿來說服陪審團。」

「她只是跟他們談話。」

「沒錯。『放開手，走向亮光。』」

「『並且祝你旅途愉快。』」

「差不多就這意思。」

「她沒殺人？」

「沒有。只是讓他們死去。」

他選了支菸斗。「唷，老天在上，」他說：「我們就是幹這營生哪。也許我該找她加入本中心。」他嗅嗅菸嘴。「感激不盡，馬修。你確定不為這個收錢嗎？慈悲姑娘做公益可不表示你也得從善如流。」

「我無所謂。」

「你確定？」

我說：「頭一天你就問過我，知不知道愛滋是什麼味道。」

「你說你聞過……噢。」

我點點頭。「我有過幾些朋友得病死去。大限來前我還會失去更多友人。有機會幫你我只覺得感謝。我很高興有這麼個地方存在，讓大家有地方可去。」

我也很高興有她這人存在。那名灰衣女子，慈悲的死亡天使。為他們打開門，引領他們走向另一頭的亮光。而且，如果有需要的話，輕推一把幫他們跨過門。

夜晚與音樂

我們於謝幕時離開，步下走道穿過大廳。裡頭是巴黎的冬天，《波西米亞人》劇中的愛侶在那兒發抖挨餓；外頭則是春天的紐約，夏日將至。

我們手牽手穿越廣闊的中庭，走過閃爍在燈光下的噴水池，走過艾維費雪音樂廳。我們的公寓在凡登大廈，位於五十七街與第九大道的交口，我們朝那個方向移行，默默走了約莫一條街。

然後伊蓮開口說：「我不想回家。」

「行。」

「我想聽音樂。可以嗎？」

「我們才剛聽過。」

「不同的音樂。我不想再聽歌劇。」

「好極了，」我說：「因為一個晚上一齣正是我的極限。」

「你這頭老熊。一個晚上一齣已經超出了你的極限。」

我聳聳肩。「我正在學習階段。」

「呃，一晚一齣是我的極限。你知道嗎，我進入了某種狀態。」
「不知怎麼我也感覺到了。」
「她老是死掉，」她說。
「咪咪。」
「嗯哼。你說我到底看了幾次《波西米亞人》呢？六、七次吧？」
「你說了算。」
「至少六、七次。你知道嗎？我可以看上一百次，但結局還是一樣。他媽的每一次她都死掉。」
「機率甚大。」
「所以我想聽點不一樣的，」她說：「在我們回家睡覺以前。」
「聽些快樂點的，」我提議道。
「不，悲傷也沒關係。我不介意悲傷。事實上我還比較偏好悲傷的音樂。」
「可是你希望結束時大家都還活著。」
「沒錯，」她說。「悲傷無所謂，只要沒有人死去。」

∞

我們叫了輛計程車來到一個我聽人提過的新開幕的地方，位於九十幾街的阿姆斯特丹大道，在一棟大廈的一樓。顧客群鹽巴胡椒兼備——白人大學生以及黑人苦力，金髮模特兒以及黑人球員。樂團也是雜色；薩克斯風和貝斯手是白，鋼琴師和鼓手是黑。領班自忖認得我，把我們領到樂隊旁的桌子。我們坐下時，〈緞面娃娃〉已經唱了幾小節，之後彈奏的曲子我依稀記得聽過但想不起歌名。或許是賽龍尼斯・蒙克的作品吧，不過我不確定。除非配有我牢記在心的歌詞，否則我很難記得曲調。

除了點飲料外，彈奏告一段落之前我們幾乎都沒講話。我倆啜著小紅莓汁加汽水一邊聆聽音樂。她看著樂手，我看著她看著樂手。樂團中場休息時，她伸手握住我的手。「謝了，」她說。

「你還好吧？」

「我本來就沒事。不過我現在的確覺得好多了。你知道我在想什麼嗎？」

「我們認識的那個晚上。」

她的眼睛睜大。「你怎麼知道？」

「呃，當時的場所看來跟這裡很像，感覺也挺類似。記得你是坐丹尼男孩那桌，他就愛來這種地方。」

「老天，那時我還年輕。我倆都他媽的好年輕。」

「我的青春小鳥一去不回來。」

「當時你是警察我是妓女。不過你在警局的時間比我拉客要久。」

「當時我已經升為警探。」

「而我才剛踏上舞台以為生命充滿了歡笑。呃，也的確是挺歡樂的。瞧我去過的地方還有見識到的人。」

「已婚警察。」

「沒錯，當時你有老婆了。」

「我現在也有老婆。」

「就是我。天老爺，世事真是難料，對吧？」

「同樣的夜總會，」我說：「放著同樣的音樂。」

「悲傷得叫人心碎，但是沒有人死掉。」

「當晚你是全場最美麗的女人，」我說。「而你現在也是。」

「哈，皮諾丘（譯註：木偶奇遇記主角的名字，每次說謊時，他的鼻子就會變長），」她捏捏我的手說。「有膽跟我撒謊。」

∞

我們打烊時才離去。踏上外頭的街道時她說：「老天，我沒救了。我不希望今晚結束呢。」

「那就不用結束。」

「古早以前，」她說：「所有的夜店你都熟。還記得康頓酒館常為樂手開到很晚才關門吧，大夥兒塞爆場地直到黎明才散去？」

「我還記得艾迪．康頓的宿醉妙方，」我說。「『兩品脫美妙的威士忌……』我忘了接下來是什麼。」

「頭茫茫？」

「可不是嘛。我知道咱們可以上哪兒了。」

我招手叫輛計程車，一路開到夏瑞登廣場，那兒有家地下室酒吧，店名和哈林區一家早已關門大吉的爵士俱樂部一樣。他們午夜開店，直到黎明過後才打烊，而且合法是因為他們不供酒。以前我上夜店通常是為了喝酒，不過在那兒聽多了音樂而且又在每個降五度音的變奏裡嘗到酒味所以我也慢慢學著愛上了爵士。現在我上那兒是為了音樂，而我在藍調音符裡聽到的也不再是酒而是酒精掩飾的所有感覺。

當晚那兒群集了許多樂手跟依我看來是該店常駐的爵士樂團一起表演。有個薩克斯風手聽來有點像強尼．葛瑞芬，有個鋼琴師讓我想起列尼．崔塔諾。而且一如往常，音樂在我耳中若有似無僅只是讓我虛無飄渺的心思有個停靠的背景。

我們拖著身子離開那兒時，天空發亮。「你瞧見沒，」伊蓮說。「亮得跟白天一樣。」

「可不是嘛。現在是早上了。」

「好個紐約之夜，對吧？你知道，我們的歐洲之旅我好愛，還有我們一起去的其他地方，不過歸根究底——」

「你是紐約型的妞兒。」

「媽的就這句話沒錯。而且我們今晚聽的可是紐約音樂喔。說什麼爵士樂全是順著河兒來自紐奧良，鬼話連篇我才不吃那一套。今晚的音樂屬於紐約。」

「你說的沒錯。」

「而且沒有人死掉，」她說。

「沒錯，」我說。「沒有人死掉。」

尋找大衛

伊蓮說：「你不工作不行，對吧？」

我看著她。我們身處翡冷翠，坐在聖馬可廣場一張磁磚面的桌子旁，啜飲的卡布奇諾和格林威治大道上的孔雀酒館一樣棒。這一天陽光普照，但空氣有點颼颼涼意，整個城沐浴在十月的天光底下。伊蓮穿著卡其褲和訂做的獵裝，看來如同風情萬種的外國特派員，或者間諜吧。我也穿著卡其褲，套了件馬球衫，外加她稱之為我的老靠山的藍色運動外套。

我們已在威尼斯待了五天。這是翡冷翠五天行程裡的第二天，之後我們會到羅馬玩六天然後再搭義航飛返美國。

我說：「諒你也猜不出我在想什麼。」

「哈，」她說。「明明就給我逮到了。你跟以往一樣，正在掃射全場。」

「我可是當了多年的警察哪。」

「是啊，積習難改我了解，不過這種習慣並不壞。我也在紐約街頭混出了點名堂，不過我可沒辦法單靠掃瞄全場便得出你能得到的結論。而且你連想都不用想。你是反射動作。」

「也許吧。不過我可不覺得這叫工作。」

「照說咱們來這兒是要全心享受翡冷翠，」她說：「外加欣賞廣場雕像的古典美，可你卻瞪眼在看一個跟我們隔了五張桌子、身穿白痲外套的老皇后（譯註：皇后意指有女人味的男同性戀），想猜出他有無前科犯過什麼案——這還不叫工作嗎？」

「我不需要猜，」我說。「我知道他犯了什麼案。」

「當真？」

「他名叫何頓・波藍——」我說。「如果我猜的沒錯。而且如果我朝他的方向張望多次，那是因為我想確定他就是我想的那個人。打從我們上次碰面以來已經過了二十年。搞不好有二十五年囉。」我瞟一眼，瞧見那位白髮紳士正在跟服務生講話。他揚起一道眉毛的模樣看來高傲卻又帶著歉意——就跟指紋一樣驗明了正身。「是他沒錯，」我說。「何頓・波藍。我很肯定。」

「怎的不過去打招呼？」

「他也許沒興趣。」

「二十五年前你還在當警察。當時是怎麼了，你逮捕了他嗎？」

「沒錯。」

「當真？他做了什麼呢？藝品詐欺麼？坐在翡冷翠露天的桌子，不這樣想也難，不過想來他應該只是個股票炒手吧。」

「換句話說，是個白領人士。」

「花邊領吧，瞧他那副打扮。當初他倒是做了什麼？」

我一直朝他的方向看，眼神與他交會。我瞧見他露出認出我的神色，看他眉毛上揚的模樣就是他錯不了。他把椅子往後推開，站了起來。

「他要過來了，」我說。「你可以自己問他。」

∞

「史卡德先生，」他說：「我想說馬丁，不過我知道不對。請指教。」

「我叫馬修，波藍先生。這位是我太太，伊蓮。」

「你好福氣，」他告訴我，一邊握住她伸出的手。「我朝這兒看過來，心想，好個大美女哇！然後我再看一眼，心想，我認得那個傢夥啊。不過花了我一分鐘才搞清楚——名字冒出來，或者該說你的姓吧。他叫史卡德，可我是怎麼知道的呢？然後當然，記憶全都回來了——只除了你的名字。我知道不是馬丁，不過這名字揮之不去，所以馬修的名字也進不來。」他嘆口氣。「記憶啊，是一條滑溜的魚。想來你或許還沒有老到發現這點吧？」

「我的記憶還可以。」

「噢，我的也不錯，」他說。「只是捉摸不定，有點任性。有時候啦我覺得。」

在我的邀請之下，他從鄰桌拉來了一把椅子。「不過我馬上就走，」他說，然後問我們來義大利幹嘛在翡冷翠會待多久。他住這裡，他告訴我們。他已經在此地定居多年。他知道我們的旅館

——在雅瑙河東岸——直誇它物美價廉。他提到離旅館不遠的一家咖啡屋，說我們應該過去坐坐。

「當然你們其實並不需要照我的推薦找館子，」他說：「或者米其林的。因為翡冷翠到處都是美食。呃，這話倒也不是完全正確啦。如果你們堅持要到高檔餐廳，偶爾是會大失所望。不過如果只是隨意就近找家小餐館的話，保證一定次次滿意。」

「我覺得我們吃得稍嫌太好了呢，」伊蓮說。

「是有危險沒錯，」他點頭稱是：「不過翡冷翠人倒是都能保持苗條。當初剛來時我確實發了點福。在所難免對吧？每樣東西都好吃。不過我還是減掉了增加的體重然後保持住身材。雖然有時候我會納悶起自己幹嘛如此費事。看在老天份上，我都七十六了。」

「看來不像，」她告訴他。

「看來像我也無所謂。幹嘛在乎哪，你倒說說看。放眼看去，有誰他媽的在乎我長什麼德行啊。所以我又何必在乎呢？」

她說跟自尊有關吧，於是他便沉吟起自尊與虛榮的分際應該如何劃分。然後他說他打擾得好像有點太久了，一邊起身。「可你們一定要來我家，」他說。「我的別墅雖然算不上富麗堂皇，不過還挺迷人的，我很自豪也頗有想要炫耀的意思呢。兩位明天務必來我家吃個中飯。」

「呃……」

「就這麼說定了，」他說，一邊遞張名片給我。「計程車司機一定找得到路。不過要先講定價錢。總是有些存心不良的司機，不過泰半倒是出人意外的老實。就說一點如何？」他往前傾身，手掌貼在桌上。「多年來我常想到你，馬修。尤其是搬來這裡以後，在離米開朗基羅的大衛只有幾碼之遙啜飲黑咖啡的時候。那座雕像不是真品，你曉得。真品擺在美術館，不過世風日下現在連美術館都不能保證安全囉。你曉得烏菲茲美術館幾年前給炸了吧？」

「報上讀到過。」

「黑手黨幹的。在家鄉他們是自相殘殺。來到這兒他們是炸掉大師作品。不過話說回來，這裡畢竟還是個美妙的文明社會。而且我理當該在這兒度過晚年啊——在靠近大衛的地方。」我開始聽不懂了而且我想他也知道，因為他皺起眉頭，頗有幾分懊惱的意思。「我講話漫無邊際，」他說。「在這兒什麼都不缺就是少了聊天對象，不過我老覺得我可以找你談，馬修。環境不允許我這麼做，當然，多年前錯失這個機會我一直覺得遺憾。」他直起身來。「明天，一點鐘。我等你們。」

∞

「當然我是巴不得要去，」伊蓮說。「我很想看看他的家長什麼樣。『雖然算不上富麗堂皇，不過還挺迷人，』我敢說一定挺迷人，我敢說一定棒透了。」

「明天你就可以知道答案。」

「不曉得噯。他想找你談，看來他想講的話題也許容不下第三者。當初你逮捕他為的應該不是藝術品竊案對吧？」

「不是。」

「他殺了人嗎？」

「他的愛人。」

「嗯，每個人都有這潛力，對吧？毀掉他愛的東西，根據那個叫啥名字來著的。」

「奧斯卡．王爾德。」

「多謝了，記憶大師。其實我知道是誰。有時候我說那個叫啥名字來著的或者那個姓啥名誰來的，並不是因為記不得。這叫談話技巧。」

「喔。」

她朝我探詢樣的掃一眼。「案子很特別是吧，」她說。「怎麼回事？」

「手法殘忍。」我的腦子塞滿了謀殺現場的影像，我眨個眼把它甩掉。「幹警察那種事看多了，大半都很醜陋，不過那一樁又特別難看。」

「他好像滿溫和的。他犯的命案感覺上應該不太暴力吧。」

「很少有不暴力的命案。」

「呃，沒流什麼血囉，那就。」

「才怪。」

「唷，少賣關子啦。他做了什麼？」

「他用了把刀，」我說。

「戳他嗎？」

「割他，」我說。「他的愛人比他年輕，想來應該挺帥，不過我可沒法掛保證。我當時看到的東西差不多就像感恩節過後的火雞剩菜。」

「嗯，描述得還挺生動，」她說。「我必須說我了了。」

「除了那兩名接獲通報的警察以外，我是第一個趕到現場的人。他們還年輕，乜斜著眼擺出一副不屑的酷樣。」

「可你已經老得不來那套了。你吐了沒？」

「沒有，幹了幾年以後自然習慣。不過我這輩子還沒見過那種慘狀。」

∞

何頓．波藍的別墅位於北邊城外，雖然並非富麗堂皇，不過魅力十足，是一棟鑲嵌在山邊的白色泥宅寶石，俯眼可見一大片山谷。他領著我們穿行各個房間，一一回答伊蓮有關圖畫和傢俬的問題，對她無法留下來吃午餐的解釋也點頭表示接受。或者僅只是表面如此——她坐上載我們過來的計程車離開時，他露出那麼一絲絲受辱的表情。

「我們到露台用餐吧，」他說。「可我是怎麼回事哪？我都還沒招待你喝酒呢。你想喝什麼，馬修？吧台各類酒齊備，不過我無法保證保羅可以調出各色各樣包君滿意的雞尾酒。」

我說只要汽水就行了。他和他的男僕說了些義大利文，然後估量似的瞟我一眼，問我午餐要不要搭酒吃。

我說不用。「還好想到要問你，」他說。「我原本打算開瓶酒先讓它呼吸一下，不過這會兒還是讓它屏著氣吧。如果我記的沒錯，你一向都有喝酒的習慣。」

「沒錯，以前。」

「事發當晚，」他說。「記得你告訴我，我好像該喝一杯。所以我就拿出一瓶酒，然後你便幫我們一人倒了一杯。你可以在值勤的時候喝酒我記得我好驚訝。」

「規定是不行，」我說：「不過我不一定每次都照規矩來。」

「而現在你則是滴酒不沾？」

「沒錯，不過你還是可以喝酒配菜無所謂。」

「不過我從來沒這習慣，」他說。「當初蹲苦牢的時候是不能，出獄以後則是沒了慾望，既不想念酒味也不懷念那種快感。有一陣子偶爾還是會零星喝個一杯，因為我覺得滴酒不沾有失文明作風。然後我才想到我根本無所謂。年紀大了就有這點好處，也許是唯一講得出口的優點吧。馬齒日增，我們也跟著放下越來越多包袱，尤其是別人的想法。不過你的過程應該不一樣，對吧？你戒酒是因為有必要。」

「對。」

「會想念嗎？」

「偶爾。」

「我不會。不過話說回來，我可從來沒愛過酒。有段時間我可以矇上眼睛區分不同酒莊釀的酒，不過講白了我是從來沒把心思擺在那上頭，而且飯後喝的白蘭地又會讓我胃灼熱。現在我用餐都配礦泉水，餐後則喝咖啡。Acqua minerale（法文：礦泉水）。有一家我愛光顧的小店，老闆都把它叫做Acqua miserable（法文：悲慘的水）。不過他還是高高興興的把那賣給我。喝不喝酒他無所謂，而且就算他在乎我也無所謂。」

∞

午餐簡單但頗有品味——生菜沙拉，義大利水餃搭配奶油和鼠尾草，外加一片美味的魚。我們的談話繞著義大利轉，伊蓮沒有留下來聽我很遺憾。他知識廣博談興高昂——聊到藝術如何滲入翡冷翠的常民生活，以及英國上層階級對這個城市持久不衰的熱愛——我聽得入迷，不過伊蓮會是更投入的聽眾。

餐後，保羅收拾殘局為我們送上濃縮咖啡。我們陷入沉默，我啜著咖啡探眼眺望山谷景色，心想這樣的美景不知有否看膩的一天。

「我原以為終有習慣的一天，」他說，讀出了我的心思。「不過我還沒有，想來永遠不會膩吧。」

「你在這裡定居多久了？」

「約莫十五年。出獄以後我一逮著機會就飛來這裡。」

「之後就沒再回去嗎？」

他搖搖頭。「當初過來我就是打算久待，所以一到這兒我便想法子辦妥了居留證。我算是走運，而且有錢什麼都容易搞定。不管現在或是以後，我的錢都多得花不完。我過得不錯，但花費又不致太高。就算我比一般人虛活幾些年歲，還是可以不愁吃穿度完餘生。」

「這就好辦多了。」

「沒錯，」他同意道。「說來坐監時雖然沒有因此就好過些，但沒錢的話我有可能得待在更糟的地方。只是當初他們可也沒把我擺進歡樂宮裡。」

「想來你是住進了精神療養院吧。」

「特別為有犯罪傾向的精神病患打造的場所，」他說，一個個字咬得字正腔圓。「聽來挺有學問的，對吧？總之還滿切合實際狀況就是了。我的行為毋庸置疑是犯罪，而且精神完全失常。」

他為自己再倒一杯濃縮咖啡。「我請你來這兒，就是要聊這件事，」他說。「很自私，不過老了就會這樣。人會變得自私，或者該說比較不會想把私心藏起來不讓自己和別人知道。」他嘆口氣。「變得比較直接，不過這件事我還真不知道該打哪兒講起。」

「從你想講起的地方講起吧，」我提議道。

「從大衛講起吧，那就。不過不是雕像，而是活生生的人。」

「也許我的記憶並不如我想的好，」我說。「你的愛人名叫大衛嗎？因為我記得明明就是羅柏．納許斯，而且有個中間名，不過也不是大衛吧。」

「是保羅，」他說。「他名叫羅柏・保羅・納許斯。他要大家叫他小羅。偶爾我是叫他大衛，不過他不愛。只是在我的心目中，他永遠都是大衛。」

我沒吭聲。一隻蒼蠅在角落嗡嗡飛著，然後停住不動。沉默蔓延開來。

然後他開了口。

∞

「我在水牛城長大，」他說。「不知道你去過那裡沒有。很美的城——至少好城區是如此。寬廣的街道，兩旁種著榆樹。不乏美麗的公共建築與高雅的私宅。當然後來榆樹全都因為病蟲害死光了，而達拉威大道的豪宅也已改頭換面成了律師事務所和牙醫診所，不過世事本就多變，對吧？我已經認知到這是事實，不過這並不表示我們得喜歡所有的改變。

「遠在我出生以前，水牛城主辦過一次泛美博覽會。如果我記得沒錯，應該是一九〇一年的事，好幾棟專為博覽會興建的建築到今天都還留著。其中最棒的一棟蓋在城裡最大的公園旁邊，也就是水牛城歷史學會的現址，裡頭典藏著不少博物館級的珍品。

「你正在想我說這話是要引到哪兒對吧？歷史學會的正前方有個環狀車道，直到現在都還保留著，而在那中間則豎立著一座米開朗基羅的大衛像青銅複製品。想當然耳是鑄造的吧，而且假設只是複製應該錯不了。總之，雕像是真人大小。或者該說是跟真品相同大小，因為米開朗基羅的雕像其實比真人要大多了——除非少年大衛的身材和他的對手歌利亞不相上下（譯註：巨人歌利亞被少年大衛以石頭打死的故事記載於聖經舊約撒母耳記）。

「昨天你看到了雕像——雖然，如我所說，那也只是複製品。不知道你仔細欣賞了沒有，不過我只想問你，是否知道當初有人詢問大師他是如何完成這件傑作時，他怎麼回答。那句話絕妙到幾乎可以斷定只是後人的穿鑿附會。

「『我看著那塊大理石，』據傳米開朗基羅是這麼說的：『我便把不屬於大衛的部分挖掉了。』這話叫絕的程度還真可以媲美年輕的莫札特當初如何解釋音樂創作是全世界最簡單的事呢：你只消把腦子裡聽到的音樂寫下來就是了。其實他們就算從來沒說過這些話，又有誰在乎呢？如果他們沒說過，呃，那也該請他們說的，你說對吧？

「那座雕像陪了我一輩子。我不記得第一次看到它是什麼時候，不過想來我頭一回造訪史學大樓時應該就看到了吧，當時我還很小。我的家位在諾丁罕連棟屋區，走路到史學大樓不消十分鐘，所以小時候我去那兒的次數真是多到數不清。打從有記憶以來，我對大衛像就很有感覺。我愛他的立姿、他的神態，還有那種力量和脆弱以及善感和自信的神祕結合。另外，當然，就是大衛的陽剛美，他的性魅力。不過我是後來才意識到那種層面的吸引力，或者該說願意承認自己意識到了。

「記得十六歲拿到駕照以後，大衛在我們的生命裡又有了新的意義。你曉得，環狀車道是亟需隱私的年輕情侶心目中的約會聖地。那兒是好地段，氣氛宜人如同公園，大大不同於水邊幾個爛城區的幽會場所。所以啦，『造訪大衛』就成了開車幽會的委婉說法——可我現在一想，幽會這兩個字本身不也是委婉的說法麼？

「我十八九歲的時候經常造訪大衛。當然諷刺的是，對我來說，他青春陽剛的體型遠比和我約會的年輕女子凹凸有致的身材更具吸引力。依我想來，我是打從出生便有同性戀傾向，不過我沒敢讓自己曉得。起先我是否認這種衝動。之後，等我學會付諸行動時——在馥倫公園，在灰狗車站的男廁——我則轉而否認那些關係具有任何意義。我對自己保證說，那只是一段過渡期。」

他噘起嘴唇，搖搖頭嘆口氣：「好長的過渡期啊，」他說：「因為我好像仍在過渡當中。我的否認很有說服力是因為當時我的生活整體而言還滿正常，和其他年輕男子之間的任何舉動都只是附屬品而已。我上的是好學校，聖誕節和暑假一定回家，而且不管到哪裡我都喜歡有女人作陪。

「想當年，做愛這檔子事通常都只是點到為止。女孩子真心想要保持處女身，至少技術層面是如此，總要等到結婚當天或者進入現在所謂的找到真命天子的關係時，才會毫無保留。我不記得當時是怎麼稱呼那種關係的，不過想來應該是比較不累贅的說法吧。

「話說回來，偶爾我們還是會直攻本壘，而碰到那種時候，我也都能達成目標沒漏氣。我的伴侶沒一個有理由抱怨。我辦得到的，你曉得，而且也能從中得到快樂，雖然刺激的程度遠不及與男伴交歡的水準，不過應該可以歸於禁果的誘惑吧。那並不一定表示我有哪裡不對。那並不表示我的生理狀況有任何異常。

「我過著正常的生活，馬修。也可以說我是下定了決心要過正常生活，不過這種事其實跟決心並沒有多大關係。我念大四的時候，和一個幾乎是認識了一輩子的女孩訂婚。雙方的父母都是朋友，我們是青梅竹馬。我畢業後就跟她結婚了。之後我繼續進修。我專攻藝術史，這你也許還記得，而且我也想辦法申請到水牛城大學的教職。紐約州立大學水牛城分校，目前是這稱呼，不過多年前它還沒有變成州立大學的一部分，只是簡簡單單的水大，大半學生都來自城裡以及鄰近地區。

「我們先是住在校園附近的一間公寓，不過之後雙方家長都出錢幫忙，所以我們就搬進了哈蘭街的一棟小房子，和我倆從小長大的家差不多是同等距離。

「而且離大衛雕像也不遠。」

他過著正常生活，他解釋道。生了兩個小孩。迷上高爾夫且加入了鄉村俱樂部。他得了些家產，一本他寫的教科書的版稅進帳每年都穩定成長。一年年過去，他也越來越容易相信，自己和男人的關係僅只是個過渡，而且基本上他已經克服了這種障礙。

「我還是有感覺，」他說：「不過付諸行動的需求好像已經過去了。比方說，我有可能被哪個學生的外表吸引，不過我從沒有採取行動，或者認真考慮要採取行動。我告訴自己我的愛慕純屬審美心理，是對男性美的自然反應。年少時，我們荷爾蒙發達，所以我才會把這個和性慾攪在一起。現在我則清楚認知到，這只是無關性愛的無邪表現而已。」

但這並不表示他已經完全放棄了他的小小冒險。

「我會受邀到某地開會，」他說：「或者擔任客座。我會抵達一座我不認識人也沒有人認識我的城市。然後我會小酌幾杯，我會覺得需要來點刺激。而且我也可以告訴自己說，雖然和另一個女人發生關係就是背叛妻子違反誓約，然而和另一個男人來點無邪的運動則無傷大雅。所以我就會到我該去的那種酒吧——永遠不難找到，就算在當時那種封閉的年代，就算在鄉下小城或者大學城也一樣。而且只要到了那種場所，要找對象絕對是輕而易舉。」

他沉默一會兒，眼睛望向地平線。

「然後我走進了威斯康辛麥迪遜城的一家酒館，」他說：「而他就在那裡。」

「羅柏・保羅・納許斯。」

「大衛，」他說。「我看到的正是他，我一跨過門檻兩眼盯住的便是那少年。我還記得那個神奇時刻，你知道。我現在還是可以很清楚的看到他當時的模樣。他穿了件暗色絲衫和棕色長褲以及一雙便鞋，沒穿襪子——一如當時的流行。他站在吧台旁邊，手捧一杯酒，他的體型以及他站著的模樣，那神態，那表情——他就是米開朗基羅的大衛。不只如此，他就是我的大衛。他是我的理想，他是我這輩子一直不自覺的在追尋的目標，我用眼睛喝下了他，從此迷失了自己。」

「就這麼簡單，」我說。

「噢，是的，」他同意道。「就這麼簡單。」

他沉默下來，我心想不知他是否正在等我追問。但應該不是。他好像選擇了要暫時留在那段記憶裡。

然後他說：「一言蔽之，那之前我從來沒有掉入愛河。我開始覺得那是一種發狂的狀態。那跟深切的關愛不同。關愛對我來說，是很正常甚至高貴的感情。我愛我的父母當然，而且也以不同的方式愛我的妻子。

「我對大衛的感情卻屬於截然不同的層次。那是一種執著，是完全的投入，是收藏家的熱情：我非得擁有這幅畫，這座雕像，這張郵票。我非得到它不可，非得完全擁有它。它，而且唯有它，可以讓我完全。它能改變我的本質。它能讓我的生命展現價值。

「不是性慾的滿足，不算是。倒不是說性和那毫無關係。大衛帶給我的震撼是前所未有的。但在那同時，我覺得性衝動其實並沒有過去的某些經驗來得強。我想擁有大衛。如果辦得到如果他完全屬於我的話，和他發不發生性關係其實都無所謂了。」

他陷入沉默，而這回我確定他是等著要我追問。我說：「然後呢？」

「我放棄原有的生活，」他說。「會議結束以後，我隨便找了個藉口在麥迪遜多待一個禮拜。然後我就和大衛飛往紐約，在那裡買了間公寓——龜灣一棟棕石建築的頂樓。之後我又飛回水牛城，自己一個人，告訴妻子我要離開她。」

他垂下眼睛。「我不想傷害她，」他說：「不過當然我傷她傷得很慘很深。知道是個男人介入時，她其實不很驚訝，我覺得並沒有。多年來她也看出了一些端倪，已經把這視為必要之惡了吧——是嫁給一個美感強烈的男人的缺憾。

「她以為我還是在意她，但我清楚表明了我要離開她。她從沒有傷害過人，可我卻帶給她極大的痛苦，這點我一輩子永遠感到抱憾。對我來說，傷了她比起我入監服刑的理由，是更大的罪孽。

「不講了。總之我離開她搬到紐約。水大的終身教職我也辭了當然。學術圈我人脈很廣不用說，我雖不是名聞遐邇但也小有名氣，所以很有可能在哥大或者紐約大學謀得什麼職務。問題是我惹出的醜聞殺傷力太大，再加上我對教書也已經他媽的沒什麼興趣了。我只想活下去，好好享受人生。

「我的錢絕對足以辦到。我們日子過得很好。太好了，說起來。並非聰明度日，而是揮霍。每晚都吃高檔餐廳，好酒搭配美食。歌劇和芭蕾表演的季票。夏天到松樹度假村。冬天到巴貝多或巴里島。搭機到倫敦巴黎以及羅馬。不管在紐約或者國外，同行的則是其他富有的皇后。」

「然後呢？」

「日子就這麼過下去，」他說，兩手交疊在懷裡，唇上閃現著些微笑意。「這麼過著過著，然後有一天我就拿起一把刀殺了他。那個部分你清楚，馬修。你就是從那裡切入的。」

「對。」

「不過你不知道原因。」

「嗯，這點一直沒公布。或者公布出來但我錯失了。」

他搖搖頭。「一直沒公布。我沒提出抗辯，而且我當然也沒提出解釋。不過你猜得出來嗎？」

「你殺他的理由嗎？我毫無概念。」

「有過多年偵察的經驗你多少也該知道人殺人的某些理由吧？何不遷就個老罪人的意思猜猜看呢？跟我證明，我的動機其實並不獨特。」

「想得到的理由都太明顯了，」我說：「所以應該全不對。我想想看。他打算離開你。他對你不忠。他愛上了別人。」

「他永遠不會離開我，」他說。「他熱愛我們共同的生活，而且也知道跟了別人他永遠別想過得有一半好。他愛上別人的程度永遠也不可能多過他愛我。大衛愛他自己。而且他不忠是當然的事，打從開始就這樣，而我也從沒寄望他改變。」

「你體認到你為他放棄了一切，」我說：「所以心生悔恨。」

「我是放掉了一切，但我了無遺憾。我一直都活在謊言裡，丟了又有什麼好惋惜的？如果能搭機飛往巴黎度週末的話，有誰會癡想水牛城學院裡溫吞的愉悅？有些人或許吧，我不知道，不過我不可能。」

我打算放棄，不過他堅持要我再多想幾個可能。結果全都不對。

他說：「不猜啦？好，我來說吧。他變了。」

「他變了。」

「當初碰到他時，」他說：「我的大衛是我見過最最美麗的生物，他是我這輩子理想美的絕對化身。他身材修長又有肌肉美，脆弱卻又強壯。他是——呃，回到聖馬可廣場看看那雕像吧。米開朗基羅雕得恰恰好。那就是他的模樣。」

「之後怎麼了？他老了？」

他的下顎一沉。「人都會老，」他說：「只除了年輕早逝的人。不很公平，不過我們也無能為力。大衛不只是老化。他變俗了。他變得粗壯。他吃太多喝太多熬夜太晚又吸太多毒。他體重增加。他變得浮腫。他長了雙下巴，多了眼袋。他的肌肉在層層肥油底下消蝕了，他的肉也垮塌掉。

「不是一夜之間發生的。不過我卻有那種感覺，因為在我願意面對真相以前，那個過程已經進行很久了。最後我是不得不面對現實。

「看到他我就受不了。之前，我是沒辦法把眼光移開，而後來我發現自己卻是避開不看。我覺得被出賣了。我愛上了一個希臘神祉，但卻眼睜睜的看著他變成羅馬皇帝。」

「所以你是為這原因殺了他？」

「我並沒有打算殺他。」

我看著他。

「噢，也許有吧，說起來。我原先喝了酒，我們兩個都喝，之後我們起了口角，我大發脾氣。想來我的意識應該還沒有模糊到不曉得如果動手的話他會死，我應該知道我會殺了他。不過重點不在這裡。」

「不在這裡？」

「他昏過去，」他說。「他躺在那裡，全身赤裸，酒臭味從他的毛孔一波波散出來，一大片白得如同大理石的浮肉。想來我是恨他把自己搞成那副德行吧，而且我知道我也恨嘆自己正是罪魁禍首。於是我決定要改變現況。」

他搖搖頭，深深嘆了口氣。「我走進廚房，」他說：「拿了把刀出來。然後我便想起我在麥迪遜頭一晚見到的男孩，然後我又想到米開朗基羅。於是我就想要變成米開朗基羅。」想必我露出了困惑的表情。他說：「你還記得吧？我拿了刀，把不是大衛的部分挖掉了。」

∞

我把這一切轉述給伊蓮聽時，已是幾天之後在羅馬了。我們坐在西班牙廣場附近的一家露天咖啡店。「那麼多年來，」我說：「我理所當然的認為他是想要把自己的愛人毀掉。因為切割人體就是這麼回事，表達的是破壞的慾望。不過他並不是想要毀掉他，他是想要重塑他的形體。」

「他領先了他的時代好幾年，」她說。「時下他們把這叫做抽脂而且索費高昂。我倒是可以告訴你一件事。等我們一回紐約，我就要從機場直奔健身房，免得我吃下的義大利麵全數變成揮之不去的贅肉哪。我可不想冒險。」

「我看你是沒什麼好擔心的。」

「這話真叫人放心。想想還挺恐怖的，他們兩個的下場實在有夠慘。」

「有些人真是想不開。」

「就這句話。說來這會兒你是打算怎麼著？我們可以坐在這兒為那兩個男人唉聲嘆氣，感慨他們毀了自己的生命，或者呢我們可以回到旅館做點什麼禮讚美好的生命。全看你了。」

「好難決定，」我說。「需要馬上給你答案嗎？」

夢幻泡影

電話鈴響時，我正窩在前廳的電視機前，手裡護著一杯波本盯看洋基隊比賽。我們記得什麼不記得什麼說來還真好玩。我記得瑟曼．蒙森揮了一記深遠的界外球，才差不到一呎就是全壘打，不過我不記得他們的對手是誰，連他們該季的表現如何也不復記憶。

我記得那杯波本是J. W. Dant，也記得加了冰塊，不過這點我當然記得。我永遠記得我喝的是什麼，不過並非次次都記得喝的原因。

兩個孩子熬夜陪我看了頭幾局，不過因為隔天得上學，所以安妮塔把他們帶到樓上送上床，我則又倒了杯酒坐下來。蒙森揮出那記深遠的界外球時，冰塊差不多都溶掉了，電話鈴響時我還在搖頭嘆氣。我讓它響著，結果安妮塔去接，她說是找我的。某人的秘書，她說。

我拿起話筒，一個女人的聲音——清脆且職業化——說：「史卡德先生，這裡是赫迪吉暨克威爾公司，亞倫．赫迪吉先生有事找您。」

「噢，好，」我說，然後聽著她進一步解釋，一邊估算到他們公司要花多久時間。我掛斷電話做個鬼臉。

「得上工去？」

我點點頭。「眼下這個案子也該有個眉目了，」我說。「今晚八成沒得睡了，而且明早我還得出庭。」

「我幫你拿件乾淨襯衫。坐下吧。你總有時間把酒喝完，對吧？」

每次都有。

∞

久遠以前了，這件事。當時尼克森是總統，第一任做了兩年。我是紐約市警局的警探，在格林威治村的第六分局上班。我長島有棟房子，車庫有兩輛車——安妮塔的福特旅行車，以及我那台破舊的克萊斯勒勇士小轎車。

長島快速公路上的車流不大，而我也沒怎麼注意速限。據我所知，沒幾個警察會去注意的。沒有警察會開罰單給自己人。我一路順風，把車停在第一大道的公車站時約莫是九點四十五。我在儀表板上擱了張可以幫我逃過罰單和拖車的名片。

執法的最大好處就是你本身不用怎麼守法。

她的門房按鈴通報她我到了，於是她捧著杯酒等在門口。我不記得當時她穿著什麼，不過我很確定她看來風情萬種。她一向如此。

她說：「打死我也不會打電話到你家。不過這回是公事。」

「你的還是我的？」

「我們兩個的吧也許。我接到一個客戶的電話。麥迪遜大道的要角。某家廣告公司的副總裁之類。堤波樂百貨的西裝，德州遊騎兵的季票，康乃狄克州的家。」

「然後呢？」

「我好像跟他提過我跟警察有交情吧。總之他和幾個朋友小聚時打牌玩玩，沒想到有個人出了事。」

「出事？朋友出事，送醫不就結了？還是已經太遲了？」

「他沒講，總之我就聽到那麼多。看來是有人出了意外，他們需要找人消跡。」

「所以你就想到了我。」

「嗳，」她說。

她以前也想到過我——情況類似。她有名客戶是在華爾街打拚的鬥士，某天下午他在她的床上心臟病發過世。大半男人都會告訴你這是他們心儀的死法，而且也許這種死法也不比別種差，不過對那些得收拾殘局的人來說就不太方便了，尤其如果那張床的主人又是個阻街女郎。

同樣的事如果發生在海洛因買賣，倒是挺好的公關。某毒蟲嗑藥過量死翹翹，這下子眾家好友都想知道他是從哪兒拿到好貨門路得怎麼找。因為，各位，那準定是上等貨色對吧？而妓女則不然，她被列為死因可沒什麼好處可拿。總之伊蓮是覺得她該負點道義責任——這就叫做敬業。她想解除當事人及其家屬的窘境。於是乎我便讓他從現場消失，幫他穿上所有衣物擱置在金融區的某條暗巷。我打了匿名電話報警，然後回到她的公寓領取酬勞。

「我有地址，」這會兒她在說。「你要不要過去瞧瞧？或者我該告訴他們我找不到你。」

我吻了她，我倆勾住彼此久久不放。我放開她猛吸口氣時說道：「那就是撒謊囉。」

「嗄？」

「告訴他們你找不到我。你永遠都找得到我。」

「嘴巴真甜。」

「地址給我吧，」我說。

∞

我從公車站把車開出來，然後停在隔了十幾個街區的上城車站。我找的地址是東六十幾街的一棟棕石建築。一樓店面的櫥窗展示著手提包和公事箱，左右兩側則是旅行社和男裝行。前廳有四個門鈴，我按了第三個，聽到對講機響了，不過沒聽到人聲。我伸手正要再按一次時，嗶聲響起。我把大門推開，爬了三段鋪有地毯的樓梯。

習慣使然，敲門時我站在一側。我也沒真預期會來顆子彈，結果穿門而出的是個低沉的聲音，問說是誰。

「警察，」我說。「據我了解，你們這兒出了狀況。」

一陣停頓。然後有個聲音——也許是同個人，也許不是——說：「我不懂。有人抱怨嗎，警官？」

他們要找警察，不過不是隨便哪個警察。「我叫史卡德，」我說。「伊蓮・馬岱說你們需要幫忙。」門鎖轉動，門打開來。兩個男人站在那裡，暗色西裝搭配白襯衫和領帶，是上班族的打扮。我越過他們往裡瞧見另外兩個人，一位穿西裝，另一位則著灰色長褲和藍色運動外套。看來約莫都是四十幾，比我大個十到十五歲。

當年我幾歲呢，三十二吧？之類的。

「請進，」其中一人說。「小心喔。」

我不曉得他是要我小心什麼，不過我把門推開幾吋以後撞到了個什麼時我就知道了。地板上有具屍體，是個男人，蜷著身子側躺著。一隻手臂甩過頭，另一隻彎在一側，手離刀柄只有幾吋。是一把彈跳式匕首，整個刀刃都埋進他的胸膛。

我推了一把關上門，跪下來仔細看他。我聽到其中一人把門鎖上。

死者約莫和他們同齡，原先的打扮也和他們差不多但後來他脫下了西裝外套把領帶鬆開。他的頭髮比他們略長，也許是因為他的頭頂開始掉髮他想藉此掩蓋禿頭吧。大家都來這招，不過好像從來不管用。

我沒摸他的脈搏。碰一下他的額頭我就確定他的體溫已經冷到無脈可摸了。而且其實我根本無需碰他就知道這人已經歸西。媽的，我停車以前就全曉得啦。

不過呢，我還是花了些時間進行檢視。我頭也沒抬，問說發生了什麼事。一陣停頓，因為他們要決定由誰回答，然後先前聲音穿門而出的男人說：「我們也不很清楚。」

「你回到家時發現他倒在這裡？」

「當然不是。我們在玩撲克，我們五個。門鈴響了以後，菲爾過去應門。」

我朝死者點點頭。「這位便是菲爾？」

有人說是的。「當時他已經出局了，」穿運動外套的人補充道。

「而你們其他幾個還在打。」

「沒錯。」

「所以他——菲爾是吧？」

「是，菲爾。」

「菲爾走到門口，而你們則繼續把牌打完。」

「是的。」

「然後呢？」

「我們其實也沒真看到事發經過，」西裝人之一答道。

「我們正在打牌，」另一個人解釋道：「而且從我們坐的地方其實也看不到什麼。」

「你們坐在牌桌，」我說。

「沒錯。」

桌子放在客廳裡端。是張撲克牌桌，桌面鋪了綠毛氈，周邊挖有凹槽可供擺放薯片和杯子。我走過去，看了看。

「可以坐八個人，」我說。

「對。」

「不過你們只有五個。或者還有其他打牌的人？」

「沒有，就我們五個。」

「你們四個和菲爾。」

「對。」

「然後菲爾穿過房間應門去，而你們當中一兩個人則是背對著門，不過你們四個對牌局進行的狀況應該要比來人的身分有興趣。」他們順著我的話點點頭，很高興我有能力理解大局。「不過你們應該聽到了個會讓你們抬起頭來的聲音吧。」

「是啊，」運動外套說。「菲爾大叫一聲。」

「他說了什麼？」

「『不要！』或者『住手！』之類。我們馬上分了神，站起來往那頭看去，不過大家好像都沒看到來人的長相。」

「來人……」

「殺了菲爾的人。」

「他應該是在你們還沒來得及看到他時就跑掉了。」

「對。」

「而且還把門拉上。」

「要不就是菲爾跌倒的時候推到門門才關上的。」

我說：「一邊伸了隻手當緩衝……」

「沒錯。」

「然後門就唰個關上，而他則繼續倒下去。」

「沒錯。」

我往回走到屍體躺著的地方。這是間挺好的公寓，我注意到，空間寬敞裝潢溫馨。感覺像是單身漢安身立命的居所，而非已婚通勤族的歇腳處。書架上置有書籍，牆上掛了裱框的複製畫，壁爐裡擺了木柴。壁爐前方，一張二乘三呎的絨毛毯格格不入的放在一張偌大的東方地毯上頭。我的直覺告訴我它在那上頭有何用意。

不過我還是若無其事的走過絨毛毯，蹲跪在屍體旁邊。「戳進了心臟，」我點出來。「想必是當場死亡，之類的。說來他應該沒什麼臨終遺言吧。」

「沒有。」

「他蜷縮起來撞上地板然後再也沒有動靜。」

「正是這樣。」

我直起身來。「想來你們都嚇到了。」

「簡直嚇呆了。」

「怎的你們沒通報呢？」
「通報？」
「通報警察，」我說。「或者叫救護車把他送到醫院。」
「醫院可也拿他沒輒，」運動外套說。「我是說，看得出來他死了。」
「沒有脈搏，沒有呼吸。」
「對。」
「不過，想來你們應該知道發生這類狀況就該報警吧。」
「對，當然。」
「可是你們沒有。」
他們你看我我看你。等著瞧他們想出什麼對策應該會滿有趣，不過我找了台階給他們下。
「說來你們一定很害怕，」我說。
「呃，當然。」
「牌友過去開門，然後沒兩下他就死在門口。這種經驗確實叫人不知所措，尤其如果考量到你們不曉得是誰殺了他原因何在。不過也許你們有個概念？」
他們沒有。
當然沒有。
「想來這不是菲爾的公寓吧。」

「不是。」

當然不是。如果是的話，他們早就各自落跑了。

「一定是你的囉，」我告訴運動外套，他兩眼大睜搞得我好樂。他承認沒錯，問我怎麼知道。我沒告訴他他是在場唯一沒戴婚戒的人，也沒說我注意到他回家以後脫下西裝換上比較休閒的穿著，不像其他人還披掛著當早穿到公司的衣服。我只是含糊說了什麼警察自然會發展出某些直覺等等，讓他以為我是天才。

我問他們當中有誰跟菲爾很熟，沒一個承認我可不驚訝。他是某位朋友的朋友的朋友，有個人說，在華爾街做事。

「所以他不是牌桌上的常客。」

「對。」

「這應該不是他的第一次對吧？」

「他的第二次，」有人說。

「第一次是上禮拜嗎？」

「不，兩個禮拜以前。他上禮拜沒打。」

「兩個禮拜以前。他手氣如何？」

聳肩的動作挺誇大。眾人共同的結論似乎是他好像贏了幾塊錢吧，不過大家都沒怎麼注意。

「你們的賭注多少？」

「打小牌罷了。玩梭哈是1－2－5。玩換牌撲克的話，換之前2塊，之後5塊。」

「所以輸贏大約多少？幾百吧？」

「那可算是大輸。」

「或者大贏，」我說。

「噯，對，輸贏都算大筆。」

我跪到死者的旁邊搜身。他皮夾裡的證件登記的名字是菲立普．萊曼，地址是堤內鎮。

「住在紐澤西州，」我說。「你們剛說他在華爾街上班？」

「總之在市中心就對了。」

我拾掇起他的左手。他的錶是勞力士，想來是真品吧；那個年代假貨還沒氾濫成災。他的無名指戴了個像似婚戒的東西，不過看得出那其實是一只頗大的銀戒或者白金戒，寬邊的那一面給倒轉到手心那頭。滿像尚未加工的徽戒，只等著人往那發光的表面刻下姓名起首字母。

我直起身來。「嗯，」我說。「依我看，你們打電話找我還真是打對了。」

∞

「有幾個問題得擺平，」我告訴他們。「接獲報案的警官或者驗屍官恐怕會因為幾樣反常的細節起疑心。」

「你是指……」

「比方說刀子吧，」我表示。「菲爾打開門，凶手朝他戳一刀就跑掉，也沒等他撞上地毯就出了門衝下樓梯。」

「也許沒那麼快，」其中一人說：「不過的確是叫我們措手不及。」

「這我完全了解，」我說：「不過問題出在這種行動模式頗不尋常。凶手根本沒花時間確定受害者已經斷氣——如果你朝某人身上扎一刀，對方是死是活你可不能妄下斷論。何況他還把刀留在傷口裡。」

「他不該那麼做嗎？」

「嗯，因為凶刀有可能指向他。想避開這個危險他只消把刀帶走就行了。何況，那又是武器。萬一有人追上他呢？他有可能需要刀子保命。」

「也許是慌了手腳。」

「也許吧，」我同意道。「還有件事，就算接獲通報的警官沒注意到，驗屍官應該也會指出來。屍體給動過。」

他們的眼神在房裡四處亂竄的模樣真是有趣極了。他們你看我我看你，他們看著我，他們看著地板上的菲爾。

「屍體裡的血淤，」我說。「也就是所謂的烏青。依我判斷，菲爾應該是往前趴倒，臉面貼到地上。他也許是在門關起來的時候撞上去，然後一路下滑五體投地。這一來門就堵著了，可你們需要打開門，所以只好把他移位。」

眼神亂射。主人——著運動外套者——說：「我們知道你得進來。」

「是的。」

「所以我們不能讓他抵住門躺著。」

「當然，」我同意道。「不過這就滿難澄清了。你們不但沒有馬上報警，而且還搬動了屍體。他們肯定會問你們幾些問題。」

「也許你可以告訴我們他們會問什麼樣的問題？」

「搞不好我可以做得更漂亮呢，」我說。「雖然不合常規，我也許應該打消此念，不過我有個主意或許行得通。」

「噢？」

「我想提議各位一起布局，」我說。「眼下看來，菲爾是被一位不知名人士拿刀刺死，凶手逃逸可又沒有人看到他的臉。他也許就此銷聲匿跡，這一來警察可是會卯足全力對付你們四個的。」

「天老爺，」某人說。

「如果菲爾死於意外的話，」我說：「大家都會好過些。」

「意外？」

「我不知道菲爾有無前科，」我說。「他看來好像還滿眼熟的，不過很多人我都覺得眼熟。他長了張賭徒臉，就算死了也一樣，就是那種會在賭馬廳出現的臉孔。他也許在華爾街做過，不無可能，因為詐賭不需要是全職工作。」

「詐賭？」

「依我猜是這樣。他的戒指有鏡子功效：翻轉到手心那面，就可以讓他偷看到底牌。這只是花招之一，搞不好他還有三四十種招數能耍呢。你們都把這當成社交聚會，一週一次跟朋友打個衛生撲克，頂多五塊錢的賭注而且加注的話，怎麼，最多也只能三次對吧？輸贏之間一年之內大概也可以扯平吧，所以大夥兒都不至於失血太多。這話說的大致不差吧？」

「對。」

「你們可沒想到會招來一個賭場老千或者詐賭高手吧，不過這人可沒打算賭大的，他就屬意你們這種人打的牌。大夥兒都是好朋友，沒有人會懷疑他，然後他就可以輕而鬆之的在幾小時之內撈到兩三百。我很確定你們全是老老實實的在打牌，請問諸位能夠看穿發底牌或者換假牌的伎倆嗎？——有人以障眼法發第二張牌的話你們抓得到嗎——就算是看到慢動作？」

「也許沒辦法吧。」

「菲爾搞不好耍了些花招，」我繼續說：「也許兩個禮拜前他就幹了，只是沒給逮著。不過顯然他是在別處招搖撞騙惹了誰。搞不好他在更大的賭局裡耍了同樣把戲或者也許他只是睡錯床，總之有人知道他要來這裡，牌局開始以後他跑到這裡按了鈴。這人原本打算進門把菲爾叫出去，不過他不用，因為正是菲爾應的門。」

「而且那人帶了刀。」

「沒錯，」我說。「事情經過正是如此，不過辦案警官只怕會因此又給搞糊塗了。那人如何知道菲爾會來到門口？主人開門的機率其實最大，菲爾開門的可能只佔剩下機率的五分之一。那人會有準備嗎，而且手裡還攥把刀？再說，菲爾有可能會不先確定來人是誰就把門打開嗎？」

我舉起一隻手。「我曉得，事情經過便是如此。不過我覺得還是應該布置出一個比較可信的場景，好讓警察比較容易消化。我們何不把闖入者忘了哪。我們何不就說是菲爾詐賭被你們識破呢。也許那之間彼此都說了些難聽的話，互相威脅起來。菲爾於是伸手入袋，掏出一把刀。」

「這……」

「你是要說這太扯了，」我說：「不過他身上搞不好還真藏有什麼武器，以便被人識破時可以掏出來壓住場面。他撈出刀子時你們起了反感。就說你們是啪個把桌子掀到他身上好了。整張桌子登時翻倒在地，結果他正巧就把手上的刀插進自己胸膛裡。」

我穿過房間。「我們得移動這張桌子，」我繼續說：「你們擺放桌子的地方根本沒有足夠空間可以進行那種掙扎，不過如果把它放在房間正中央那盞燈底下就沒問題了。那個位置其實最合乎邏輯。」我彎下腰，拎起絨毛毯丟到一旁。「要把桌子搬過來就得移開毯子。」我彎下腰，戳戳一塊污漬。「看來是誰流了鼻血吧，而且是新近流的，要不你們應該早就把地毯洗乾淨了。說來，這污漬倒是滿合用的。菲爾心臟給刺一刀應該不會流太多血，不過他確實失了點血，問題是屍體目前躺的地方根本沒看到半點血跡。如果我們把他放對了地方，警察很可能就會假設那是他的血，而且結果搞不好還真是同樣血型也不一定呢，畢竟血型通共也不過就那幾種，對吧？」

我一個個輪流看著他們。「應該行得通，」我說。「而且可以再加點好料，告訴警察你們是我的朋友。我偶爾會過來打牌，只是菲爾來的時候我不在。出事以後，你們馬上想到要叩我，所以才會晚一步報警。你們已經通報了我而我也上路了，所以你們覺得應該沒關係。」我停一下喘口氣，花了點時間輪流看著他們的眼睛。「咱們要把現場布置得恰到好處，」我繼續說：「另外就是要散財消災。總之眼下這事應該可以用意外致死的名義登記結案。」

8

「他們準定把你當成天才啦，」伊蓮說。

「或者有學問的白癡〔譯註：idiot savant，源自法文，意指在某方面有專才的智障人士，如好萊塢電影《雨人》中達斯汀．霍夫曼所飾演的角色即是一例〕，」我說。「我跑到那裡，要他們布置出事情發生的真正經過。起先他們搞不好還以為我是誤打誤撞糊里糊塗的編出事件始末，不過到後來他們或許也猜出了我其實一路都心知肚明。」

「不過你一直沒有明講。」

「沒，我們一路都假裝有個闖入者把刀插進萊曼身上，而且我們是在湮滅證據。」

「而其實你們是在恢復現場。你是怎的發現真相呢？」

「屍體擋在門口。瘀血的模式不對，不過我在確定這點之前就已經起疑了。情況太過詭異，屍身置放的地方堵著門不能開。桌子也擺錯了地方，而且小絨毛毯準定是遮蓋用的，要不它幹嘛擺在它擺的地方？所以我就想像出房間該有的模樣，然後所有的細節好像就全對上了。不過這可不需要天才才看得出來。隨便哪個警察都會發現異狀並且嚴加審問，然後他們四個就會投降。」

「然後會怎樣呢？以謀殺罪起訴？」

「頗有可能，但他們是受尊敬的商人而死者則是人渣垃圾，所以應該只會判過失殺人搞不好甚至還能訴求更輕的處分。不過話說回來，意外致死的判決的確可以省掉他們不少麻煩。」

「而事發經過果真就是那樣？」

「他們完全不像隨身攜帶彈簧刀或者在牌桌耍刀的人。而且他們也不太可能從萊曼手裡奪了刀把他殺掉。我覺得是桌子朝他掀去時他摔了個倒栽蔥而且搞不好其他一兩個人也跌到桌子上頭。當時他還攥著刀，所以才會一刀插進自己心窩裡。」

「而接獲報案的警察——」

「我幫他們報了警，所以我多少算是決定了由誰接手。我選了可以合作的警員。」

「然後跟他們合作。」

「皆大歡喜，」我說。「我跟四名牌友收了錢，也把其中幾些用在刀口上。」

「好將事情擺平。」

「就這句話。」

「不過你沒把錢散盡。」

「沒有，」我說。「還沒花完。手拿來。哪。」

「這是幹嘛？」

「仲介費。」

「三百塊？」

「百分之十，」我說。

「老天，」她說。「我根本沒想到要拿錢。」

「別人給你錢的時候你都怎麼做？」

「我會說謝謝，」她說：「然後把錢放在保險櫃。太棒了。你讓他們說了實話，然後大家都有錢拿。你得馬上就回西歐榭嗎？查特·貝克今晚要在米蓋的店表演。」

「我們何不先去聽他唱，」我說：「然後回這兒來。我跟安妮塔說了我可能得在外頭過夜。」

「噢，好耶，」她說。「你說他會唱〈夢幻泡影〉嗎？」

「大有可能，」我說。「如果你好聲好氣的請他唱的話。」

∞

我不記得他唱了沒，不過前幾天我才又在收音機上聽到了這首歌。他的生命嘎然而止，那個逐漸老去的大男孩，歌聲好聽吹起喇叭更是迷人。他在歐洲某地的一家旅館墜樓而死，許多人都覺得內情不單純。他一路走來得罪了不少人但都安然無事，不過世事本就如此。你擋掉所有的子彈——只除了最後那顆。

「夢幻泡影。」聽到那首歌之後不到二十四小時我拿起紐約時報，讀到一則關於期貨交易員葛登・法西的訃文，他死於攝護腺癌。這名字有點耳熟，不過我花了幾個小時才想起關聯。他便是穿運動外套的那個人，也就是菲爾・萊曼刺死自己的那家公寓的主人。

世事變化叫人嗟嘆稱奇。那場撲克牌戲之後沒多久，發生了另一起事件迫使我離開紐約警局並且離開我的婚姻。伊蓮和我失去聯絡，但我們又於多年後重聚──當時我已找到方法可以不靠酒精度日。失散多年後我們又找回彼此──現在我們結婚了。誰又想得到呢？

我的生命這些年來大有不同，但我仍有可能接獲通報應付類似的緊急狀況──有人死在地毯上，胸上插著一把刀，周邊圍著四個衷心希望他能就此消失的牌友。如我所說，我的生命有了轉折，我覺得自己已經不同於以往了。所以現在我處理這件事的方法想必也會不一樣，我也許會立刻電告警局，交由警察處理。

不過話說回來，我一直都很喜歡那起事件的結局。我走進粉飾真相的現場，然後粉飾掉原先的粉飾。而在整個過程當中，我卻一步步構築出了真相。或者接近真相的真相吧至少，而這也差不多就是我們所能冀求的最佳結果了。而這，不就夠了嗎？

一時糊塗

蒙妮卡說：「哪種槍？有人當著諸多親朋好友的面在自家客廳舉槍自殺，可你就只想知道他用的是哪種槍？」

「純屬好奇，」我說。

蒙妮卡滾動著她兩隻眼睛。她是伊蓮交情最久的朋友之一。她們是雷歌園區一家中學的同窗，多年來一直沒斷過聯繫。伊蓮做了多年的應召女郎，蒙妮卡雖然從沒嚐過箇中滋味卻也不以為意的接受了這一點。至於伊蓮，她對蒙妮卡喜好和已婚男子約會也沒意見。

那晚她身邊陪的就是當時正在交往的已婚人士。我們四個一道去欣賞了捲土重來的《快板》——亦即羅傑斯與漢莫斯坦共同製作的音樂劇，當年頭一回公演時票房不佳草草收場。我們從那兒直奔巴黎綠餐廳共進遲來的晚餐。我們聊起這齣劇並探討它之所以無法長紅的種種原因。裡頭的歌滿好聽，我們都同意，而我的年紀也大到還記得在收音機上聽過〈男生愛女生〉。伊蓮說她有張麗莎·科克的唱片，其中收錄了〈那位紳士是老土〉。她說這首歌於首演時驚艷全場，麗莎·科克從此一炮而紅。

蒙妮卡說哪天她要聽聽。伊蓮說她只消找到唱片然後再找著可以放唱片的東東即可。蒙妮卡說她還有一台可以放唱片的轉盤。

蒙妮卡的男人一句話也沒吭，我覺得他應該不曉得麗莎．科克是誰，也搞不懂他幹嘛得熬過這些有的沒的才能打砲。他名叫道格．哈雷——和慧星同名，他說——在華爾街從事某種工作。不管他的職務是什麼，總之他賺的錢是多到足以供養威切特郡滂山鎮一棟房子裡的第二任老婆和小孩，並負擔頭一次婚姻留下的兩個孩子的大學學雜生活費。我們得知他有個兒子念的是波多音學院，一個女兒才剛去念科蓋堤（譯註：Bowdoin 以及 Colgate 這兩所大學都是極度昂貴只收取少數新生的東岸私校）。

我們把麗莎．科克能滋生的所有談資用盡以後，飲料來了——我是沛綠雅，伊蓮和蒙妮卡是小紅莓汁，哈雷則是俄國威士忌調的馬丁尼。點酒前他猶疑了幾秒——蒙妮卡想必跟他說了我是滴酒不沾的前任酒鬼，而就算她沒提，他應該也注意到他是在場唯一喝酒的人——我幾乎可以聽到他整個盤算過程然後決定媽的老子不管啦。他點酒我其實無所謂。他看來像是需要喝酒；酒來時他一飲而盡。

也就是在這時候，蒙妮卡提起舉槍自殺的那人。事件發生在前一晚，早報沒登是因為時間太晚，而蒙妮卡則是當天下午在紐約一號新聞台上看到報導。一名住在英塢區的男人，於自家客廳和親朋好友聚會時突然拔出一把槍，聒啦啦抱怨自己的財務狀況不佳全世界都出了問題，然後便把手槍塞進嘴裡轟出自己的腦漿。

「哪種槍，」蒙妮卡又說了一次。「這是典型的男性說法對吧？天下沒有女人會問這種問題的。」

「女人會問他穿什麼，」哈雷說。

「不對，」伊蓮說。「誰管他穿什麼啦。女人會問他老婆穿什麼。」

「依我想應該是驚恐的表情吧（譯註：中文的「穿戴」，英文是有多重用法的wear，此字後頭的受詞除了衣服之外，也可以是口紅、帽子、項鍊，或是某種表情），」蒙妮卡說。「想想當時的場景吧諸位。閣下正在跟眾家親友共度良宵，結果老公大人卻當著眾人的面舉槍自斃。」

「他們沒秀出照片吧？」

「媒體是沒帶著攝影機找她跟拍，不過倒是訪問了目睹事發經過的人。」

哈雷說如果他們拍下那位老婆的話新聞可以做得更大條，於是我們便開始聊起媒體以及他們變得多擾民。這個話題我們一直用到上菜時為止。

∞

我們回到家時伊蓮說：「那個舉槍自盡的人。你問到他們有否秀出照片時，你指的不是訪問他老婆吧。你是想知道他們有沒有拍下他自殺的過程。」

「當今世下，」我說：「上哪兒都有人帶著隨身錄影機拍東西。不過我想應該沒有人把那過程錄下來。」

「因為新聞並沒有鬧太大。」

「沒錯。事情鬧得大不大端看他們手裡能秀出什麼材料。如果他們想辦法訪問到那個老婆，新聞應該可以炒得更熱，而如果他們能把事發過程全播出來的話，這起事件可就是大家茶餘飯後的頭號話題囉。」

「不過你還是問了。」

「隨口問問罷了，」我說。「只是引個話題。」

「噢，是喔。而且你還想知道他用的是哪種槍對吧。就因為你是男人，愛講男人的話題是吧。就因為你好喜歡道格，想跟他稱兄道弟。」

「噢對，我愛透他了。請問她是上哪兒找到他的？」

「不知道，」她說：「不過我覺得她身上配有雷達。不管哪兒有個爛咖，而且如果這人已婚的話，她就會急撲而去。那人用的是哪款槍到底干你啥事哪？」

「我只是好奇，」我說：「不知道那是把左輪，還是自動手槍。」

這話她想了想。「說來如果他們拍下他自殺過程的話，你就可以看著影片得著答案囉。」

「誰都看得出來。」

「我可沒辦法，」她說。「總之，用哪種槍又有差嗎？」

「也許沒差吧。」

「噢？」

「這事兒讓我想起我們以前辦的個案子，」我說。「古早以前。」

「在你是警察，而我是警察的女友時。」

我搖搖頭。「只對了前半。我是在警方服務沒錯，不過你我還不認識。當時我還是制服警員，離我升任警探還有一段時日。而且我們也還沒搬到長島；我們那時住在布魯克林。」

「你跟安妮塔和小孩。」

「安迪當時到底生了沒呢？不，應該沒有，因為我們買下西歐榭的家時她才懷著他。麥可那時應該已經生了，不過有生沒生也沒差吧？我要講的不是他們。這個故事要講的是個在園坡區舉槍自殺的可憐蟲。」

「他用的是左輪還是自動手槍呢？」

「自動手槍。他是二次大戰的退伍軍人，那把槍是他從戰場帶回來的。四五口徑吧應該。」

「所以他是把槍口塞進嘴裡然後——」

「非也，他是把槍頂上太陽穴。塞進嘴裡的把戲我看都是警察搞出來的風潮。」

「風潮？」

「你懂我意思啦。俗話說的『吃掉你的槍』〔譯註：eat your gun，引伸的意思是自殺〕就是從警界流傳出去的，然後就有一堆小老百姓選擇這種方法自我了斷。」我嘎然無語，回想起往事。「當時我和文森．馬哈菲合作辦案。我跟你提過他的。」

「嗯，他專愛抽那種小不拉嘰的雪茄。」

「義佬臭條兒〔譯註：Guinea-stinker，是一種老一代的義大利裔美國人愛抽的雪茄俗名，源自布魯克林區〕，他都這麼稱呼那玩意兒。廠牌名字叫 De Nobili，長得像是剛從貓咪的消化系統鑽出來的模樣。我覺得那種臭味應該是天下無雙。文森整天都抽著那玩意，而且吃起東西一臉豬相，喝起酒來一臉魚樣兒。」

「好個完美的學習典範。」

「文森還好啦，」我說。「我從文森身上還真學到了不少。」

「故事你倒是講還不講？」

「你想聽嗎？」

她蜷在沙發窩出舒服狀。「當然，」她說。「我最愛聽你跟我講故事了。」

∞

那是個非週末的夜晚，我記得，天空掛著滿月。感覺像是春天，不過這個部分我有可能記錯。馬哈菲和我開著無線電警車。警局發出訊號時我在開車，由他回電說我們會接下案子。地點在園坡區。我不記得地址，總之我們離那兒不遠就是了，於是我便開車過去了。

園坡區現在是高級地段了，不過當時這兒還沒有改建，只是個勞工階級匯集的地區，居民泰半都是愛爾蘭裔。我們接獲通報要去的房子是一整排制式棕石建築中的一棟，每一棟都是四層樓，一層兩間公寓。前廳離街面有好幾級台階，有個男人站在大門等我們。

「你們要找的是康威家，」他說。「往上走兩段樓梯，左邊那間。」

「你是他們鄰居嗎？」

「住他們樓下，」他說。「報案的是我。我老婆正陪著她呢，可憐的女人。她老公可真是混蛋加三級。」
「你們處不好嗎？」
「怎的這麼說？他是個好鄰居。」
「那你幹麼說他是混蛋？」
「因為他幹了鳥事，」男人陰著臉說。「把自己殺掉，老天，這種事兒天打雷劈要下地獄的，不過這是他自個兒的事對吧？」他搖搖頭。「可拜託也私下做好吧看在老天份上，不要讓你老婆睜眼瞧。可憐的女人這輩子永遠都要記得老公的死狀。」

我們爬上樓梯。建築維修得不錯，但是頗為陰森，而且樓梯瀰漫著高麗菜和老鼠的氣味。連棟屋炒菜的味道多年來有了變化，因為住戶的種族成分有了調整。多年前的愛爾蘭區就是會聞到高麗菜味。而這種味道在如今的綠點區和布萊登海灘也是四處瀰漫——因為新近進駐了不少波蘭以及俄國人口。不過我敢說，容納亞非和拉美移民的建築必然是散發出不同味道，但老鼠味想來還是免不了。

第二段樓梯上了一半，我們碰到一個正要下樓的女人。「瑪麗．法蘭絲！」她朝上頭叫著。「警察來囉！」她轉向我們。「她在屋子後頭哪，」她說。「跟小孩一起，好可憐。到了樓梯口往左轉就是了。你們可以直接進去。」

康威公寓的門半開著。馬哈菲敲了敲門，沒人應聲，所以他就直接推了門。我們一進門就看到他，一名中年男子，穿著暗藍色長褲和白棉內衣。當早他刮鬍子的時候傷到自己，不過這是他面臨的最小問題。

他癱在一張面向電視的安樂椅上。他朝左側倒下，右邊的太陽穴破了個大洞，傷口周沿燒出了一圈黑。他的右手擱在懷裡，手指還摎著那把他從戰場帶回來的槍。

「耶穌基督啊，」馬哈菲說。

壁爐上方的牆面掛了幅耶穌畫像，另外以類似方式裱框的則是約翰・甘乃迪的像。其他的照片以及聖像則零散擱置在房間四處——桌面上、牆上、電視機上頭。我看著一小楨裱框照片上穿著軍服微笑的年輕男子，意識到這便是死者的年輕版時他的太太正走入房內。

「抱歉，」她說。「我根本沒聽到你們進來。我在陪小孩。他們的情況你們應該可以想像。」

「康威太太嗎？」

「詹姆斯・康威太太。」她朝她的先夫瞥一眼，眼睛並沒有在他身上逗留太久。「當時他又說又笑的，」她說。「他在鬧著玩呢。哪知道接著他就舉起槍來。他那是幹嘛呢？」

「他先前喝了酒嗎，康威太太？」

「喝了一兩杯，」她說。「他愛喝酒，可他沒醉。」

「酒瓶擺哪兒了？」

她兩手交握起來。這女人長著雙淡藍的眼睛，身材嬌小一臉皺縮，穿了件棉質碎花洋裝。「我收起來了，」她說。「我不該那麼做的，是吧？」

「你還移動了什麼東西嗎，女士？」

「只動了酒瓶，」她說。「酒瓶和酒杯。我不想讓人嚼舌說他動手的時候喝醉了，這樣對小孩會很不好。」她的臉籠上烏雲。「或者想到是酒醉才讓他下手反而會比較好呢？我不知道哪個比較糟。你們男人是怎麼想的？」

「我覺得我們需要喝杯酒，」他說。「你也不例外，女士。」

她走過房間，從一個桃花心木櫃裡拿了瓶鄉麗威士忌。她另外還拿來三只雕花小水晶杯。馬哈菲幫我們三人倒了酒，然後捧著他那杯湊向燈光。馬哈菲和我一口氣灌下時，她只是試探性的啜了點。這種威士忌是很常見的混合酒，是勞工階級最最平實的飲料。毫不花俏，但效力十足。

馬哈菲再次舉杯，透過天花板上光禿禿的燈泡盯看酒杯。「這種杯子好精緻哪，」他說。

「沃特福的產品，」她說。「總共有八只，是我母親的，現在就只剩這三個。」她瞥瞥死去的人。「他都用果凍杯喝。我們也不是天天都用沃特福喝酒。」

「嗯，今天這算是特殊場合吧我看，」馬哈菲表示。「你那杯就喝下好吧？對你有好處的。」

她鼓起勇氣灌下威士忌，微微打著抖然後深吸一口氣。「謝謝，」她說。「對我是有好處，還真沒錯。不，我不喝了。不過你們請自便。」

我搖頭不要。文森又倒了一杯匆匆喝下。他要她講述事發經過，偶爾在記事本上寫下幾筆。講著講著她開始盤算起少了可憐的詹姆斯將來日子要怎麼過。他最近才給炒魷魚，不過他是建築工人，有活兒做的時候收入還挺不錯。應該會有退伍軍人協會發放的撫卹金是吧？還有社會福利金對嗎？

「準定會有補助的，」文森告訴她。「保險呢？他保了險嗎？」

是買了個保險，她說。兩萬五，他就在頭胎出生的時候投了保，而且她都有盯著注意每個月要繳保費。不過這會兒他自殺了，他們該不會因此不付錢了吧？

「大家都這麼想，」他告訴她：「不過其實很少發生。因為通常保單會附帶一個條款，聲明前六個月，前半年，前一年，甚至前兩年自殺的話，就沒錢可領。這是為了防範顧客禮拜一簽約，禮拜二就把自己送上西天。不過這個險你們已經保了超過兩年，是吧？」

她點頭如搗蒜。「派屈克多大啦？差不多九歲了，當初就是他出生時投的保。」

「那你們就甭擔心了，」他說。「說來也是應該的。保險公司收了這麼多年的保費，怎麼可以因為他一時糊塗就撇淨責任？」

「我原先也這麼想，」她說：「可我又想到應該沒希望。因為都是這麼規定的。」

「唷，」他說。「沒這回事。」

「你剛是怎麼說的？一時糊塗麼？不過單這樣就可以叫他沒法上天堂了不是嗎？所謂的絕望之罪，你知道。」最後那句話是針對我而來的，因為她覺得馬哈菲應該比我更清楚那當中的神學基礎。「可這公平嗎？」她追問道，再次扭頭看著馬哈菲。「難道騙走寡婦的錢是小事，而詹姆斯．康威一時糊塗卻是犯了滔天大罪？」

「也許我們的主眼界比較寬闊。」

「神父可不是這麼說的。」

「如果當時他的神智並不清明……」

「神智清明！」她倒退一步，一手壓住前胸。「哪個神智清明的人會做得出這種事情來啊？」

「呃……」

「當時他在鬧著玩，」她說。「一邊把槍舉到頭上去，可就算那樣我也沒嚇著，因為他跟平常沒兩樣，而且也沒什麼嚇人的感覺。只除了我想到手槍有可能走火，於是我就跟他說了。」

「他怎麼回呢？」

「他說果真如此大家都會好過些，包括他自己。我趕緊要他停嘴，那可是罪孽啊而且感覺好恐怖，可他說他是實話實說，然後他就看著我，他看著我。」

「怎麼個看法？」

「一副在問我，瞧我這會兒在幹嘛哪？一副在問我，你這是在盯著我瞧嗎，瑪麗．法蘭絲？然後他就開了槍。」

「也許只是意外，」我提議道。

「我看到他的臉。我看到他的手指壓上扳機。感覺好像他就是故意要做給我看的。可他明明沒在生我氣啊。老天垂憐，他倒是為什麼……」

馬哈菲拍拍我肩膀。「把康威太太帶到另一個房間吧，」他說。「讓她擦個臉喝杯水，確定小孩都沒事。」我看著他，他捏捏我肩膀。「有個東西我要查查看。」

我們走進廚房，康威太太沾濕了一條小毛巾輕輕按在臉上，然後往一只果凍杯裡倒了水，一小口一小口的啜著喝。然後我們又去看孩子，男孩八歲，女孩小個幾歲。他們就坐在那裡，兩手交疊在懷裡，像似有人交代了不許動。

康威太太又是摸頭又是拉手百般安慰一切都會沒事並且告訴他們要準備上床了。我們離開時他們依然保持原來姿勢，肩並肩坐著，兩手仍然交疊在懷裡。想來他們還處於受驚狀態，這我覺得也是他們應有的權利。

我把女人帶回客廳，馬哈菲正彎身俯向她丈夫的屍體。我們走進房間時他直起腰來。「康威太太，」他說。「我有件重要的事要告訴你。」

她等著聽他講。

「你先生不是自殺，」他宣布道。

她的眼睛大睜，她看著馬哈菲的模樣像是覺得他發了失心瘋。「可我親眼看到他那麼做啊，」她說。

他蹙著眉，點點頭。「請見諒，」他說：「我的措辭有問題。我是想講說，他並沒有自殺。他是殺了自己沒錯，當然他是殺了自己——」

「我親眼看到的。」

「——當然你有看到，太不幸了，也太殘忍了。不過他不是有意的，女士。那是個意外！」

「意外。」

「對。」

「把槍舉到頭上然後扣扳機。那叫意外？」

馬哈菲撈著條手帕。他把手掌翻上來，讓我們瞧瞧那裡頭包了什麼。原來是槍裡的彈匣。

「是意外，」馬哈飛說。「你說他在鬧著玩，這話沒錯，只是鬧出事來了。你知道這是什麼嗎？」

「手槍裡的什麼嗎？」

「是彈匣，女士。或者彈夾，也有人這麼稱呼。裡頭可以裝彈殼。」

「子彈嗎？」

「對，子彈。而你可曉得我是在哪兒找著它嗎？」

「在槍裡頭？」

「原本我也是這麼想的，」他說。「所以我就是先找那裡，可我沒找到。然後我就拍拍他的褲子口袋。賓果。」接著，他還是用那條手帕裹著彈匣把它塞回男人右邊的口袋。

「你聽不懂吧，」他告訴女人。「你呢，馬修？你知道發生了什麼嗎？」

「應該吧。」

「他在開你玩笑，女士。他從槍裡取出彈匣擺進口袋。然後他就把卸下子彈的手槍舉到頭上打算嚇你一嚇。他扣下扳機，而就在擊槌喀在空彈膛的那一剎那你會以為他果真開了槍，然後他就可以享受你的反應。」

「可他真的殺了自己啊，」她說。

「因為後膛還有一發子彈。子彈如果上膛的話，取下彈匣可不表示把槍淨空了。他忘了後膛那發子彈，以為手裡的槍已經清空，所以他扣下扳機的時候，連個吃驚的時間都沒有。」
「老天垂憐，」她說。
「阿門，」馬哈菲說。「真是可怕，女士，不過那不是自殺。你的先生根本無意自殺。悲劇啊確實是悲劇，不過純屬意外。」他吸一口氣。「也許他得在煉獄裡耗點時間吧，因為玩笑開過頭了，不過地獄之火他可以逃過，這總是個安慰對吧？而這會兒我可要借用你的電話了，女士。跟局裡報告。」

∞

「所以你才會想知道那把槍是左輪還是自動，」伊蓮說。「一個有彈匣一個沒有。」
「自動手槍有彈匣。左輪則是子彈輪轉盤。」
「如果他那把是左輪的話，他就可以玩俄羅斯輪盤賭了。也就是讓輪盤轉動著試運氣對吧？」
「據我所知是這樣。」
「怎麼個運作法呢倒是？輪盤的諸多藥孔只有一孔不裝子彈？抑或只有一孔裝呢？」
「想來就要看你想下什麼樣的賭注了。」
這話她想了想，聳聳肩。「布魯克林的人還真可憐，」她說。「馬哈菲怎麼會想到要找彈匣呢？」
「整起事件感覺不對頭，」我說：「讓他想起以前一樁案子。有個男的拿把他以為卸下了子彈的槍不小心殺掉朋友——他以為取下彈匣就沒事了。開庭時用的就是這個辯詞，雖說男人終究難逃法網不過馬哈菲印象深刻。總之一等他檢查手槍以後就發現彈匣不在，所以他只消找著匣子即可。」

「在死者口袋。」

「沒錯。」

「也因此救了詹姆斯·康威逃過永劫地獄，」她說。「只除了其實不消馬哈菲幫忙他也不會有事對吧？我是說，上帝可不需要哪個警察找出彈匣才知道得把他的靈魂送上哪吧？」

「這你可別問我，蜜糖兒。我又不是天主教徒。」

「外邦人老拿這當藉口，」她說。「博學如你者怎會不知。好吧算了，我懂你意思啦。對上帝或康威來說或許沒差，不過對瑪麗·法蘭絲來說絕對是天差地遠。這下子她就可以把老公埋在教堂墓園而且知道她自個兒上天堂時他會等在門口。」

「就這句話。」

「好可怕的故事是吧？我是說，故事本身是個好故事，不過內容真可怕，想想竟然有人會選擇那種死法。而且他的老婆小孩還親眼目睹，一輩子的記憶甩都甩不掉。」

「可怕，」我同意道。

「不過另有隱情，對吧？」

「隱情？」

「得了吧，」她說。「你漏了個什麼沒講。」

「您實在太了解我了。」
「媽的還真沒錯。」
「敢問我是漏了哪個部分呢？」
這話她想了想。「喝水，」她說。
「怎麼講？」
「他請你們兩個出房間，」她說：「然後他才檢查彈匣擺哪裡。所以找著彈匣時就只有馬哈菲一個人在場。」
「當時她精神不穩，所以他覺得往她臉上潑點水應該是個好主意。再說小孩又一直沒動靜，過去瞧瞧也是理所當然。」
「而且她得一路有你免得走向臥室的時候搞丟方向。」
我點點頭。「是有點詭異，」我承認：「沒人在場時找到關鍵。這一來他就有充裕時間可以拿起槍來移除彈匣，再把槍擺回康威手裡然後把彈匣塞進男人口袋。如此這般他也許騙不了上帝，不過卻足以把教區神父唬得團團轉。姑不論康威最終魂歸何處，但是他的屍體絕對可以埋進教區墓園。」
「你覺得他果真耍了這招？」
「當然有可能。不過假設你是馬哈菲好了，這廂你檢查了手槍發現彈匣還在裡頭，於是你便做了我們剛說的事情。請問你會手捧彈匣呆呆站在原處等著告訴寡婦和你的夥伴你剛發現啥個嗎？」

「怎的不會？」她說，然後又回答了自己的問題。「不，當然不會，」她說。「如果我打算做出那種重大發現的話，我會在證人面前進行。我哪，我會抽出彈匣，把它塞進他口袋，然後把槍擺回他手裡等你們倆回來。然後我才會靈機一動，大家一起檢查手槍並且發現彈匣不在，然後我們當中一個會在他口袋裡找著彈匣，而這在我的意料之中是因為一分鐘前我才把它擱進裡頭。」

「這可比他那廂說他在沒人目睹的時候找到要可信多多。」

「可話說回來，」她說：「換了個情況他不也可以如法炮製嗎？假設我看了手槍發現彈匣不在。怎的我不等你們回來再找彈匣呢？」

「你的好奇心真重。」

「難道我連一分鐘都等不及嗎？不過即便如此，假設我看了口袋找著彈匣吧，我又幹嘛把它起出來呢？」

「也許你壓根沒想到有人會懷疑你的話，」我提議道。「或者也許呢，馬哈菲不管在哪兒找到彈匣，或在槍裡或在他說他找著它的康威口袋，也許如果來得及的話他就會把它擺回原位。不過我們早回來一步，剛巧瞧見他手裡摻著彈匣。」

「手帕裡，你說的。免得沾上指紋？」

「當然。萬萬不可破壞證物上的指紋或者留下你自己的。倒也不是說法醫會花了點時間查啦。當今世下或許會，不過六〇年代早期呢？那人可是在眾目睽睽下斃掉自己的。」

她沉默了好一會兒。然後她說：「結果是怎樣？」

「結果怎樣？」

「噯，你的頭號答案啊。真相是什麼？」

「很有可能就是他重新詮釋的狀況。意外致死。蠢歸蠢，不過的確是意外沒錯。」

「還有個但書對吧？」

「但是文森心腸太軟，」我說。「瞧他們一屋子聖像，他準定想到女人一心希望老公可以升天堂。這點如果他可以搞定，他才不管真相到底如何呢。」

「而且就算破壞物證他也不在乎？」

「不會因此睡不著就對了。天知道我就是這款樣。」

「凡是被你設計的人，」她說：「本來就有罪。」

「有某種罪，」我同意道。「你要我講出我的頭號答案，答案就是無解。文森動念想到那主意之時——亦即彈匣大可不在槍裡頭——整個腳本就定案了。要不就是康威取走彈匣而我們只消找到，要不就是他沒取走而我們得幫他取走然後找到。」

「『美女或者老虎』（譯註：The Lady or the Tiger，是美國作家Frank Stockton寫於一八八二年的經典故事，內容敘述一古老王國判刑的方式是由犯人在兩道後頭分別關著美女與老虎的門做出選擇，選中美女他便無罪開釋且需與她成婚，選中老虎則要被撕成碎片吃下虎肚；故事中的公主戀上一名男子，震怒的國王便以這種方式判刑，公主知道哪道門後是美女哪道是老虎，問題是判刑當天她要打哪種手勢告訴愛人做出哪種選擇呢？美女或老虎一詞口耳相傳已演變為英文俗語，意思是無解的問題）。只除了並不盡然，因為不管這樣那樣結果都是一樣。這起案件會以意外致死的結論存檔入庫，不管這是真相或者不是。」

「沒錯。」

「所以這樣那樣其實沒差。」

「或許吧，」我說：「不過我老希望事實真相就是馬哈菲所說那樣。」

「因為你不想對他起反感？不，不對。你才說了破壞物證他根本無所謂，而你也不會因此不愛他。好吧好吧我放棄。為什麼呢？因為你不希望康威先生下地獄？」

「那人我根本不認識，」我說：「關心他的下場如何也太冒昧了。不過如果彈匣果真位在馬哈菲說它在的地方我會比較高興，因為這就可以證明一件事。」

「證明他無意自殺？我以為我們才剛說了……」

我搖搖頭。「證明她沒幹。」

「誰啊？他老婆嗎？」

「是的。」

「證明她沒幹什麼？殺他麼？你覺得是她殺了他？」

「有可能。」

「可他是自殺啊，」她說。「在眾目睽睽之下。還是我漏聽了個啥？」

「十之八九是那樣沒錯，」我說：「問題在她是目擊者之一，而另外就只有小孩了，可天知道他們瞧著啥了，或者他們到底有否瞧著啥東東？就說他躺在沙發上好了，而他們都在看電視，然後她便拿起他的戰場古董頂上他的頭，然後她便開始尖聲驚叫：『噢老天在上，瞧你們的爹做了什麼喂！噢耶穌瑪麗亞跟約瑟啊，爹地自殺了喂！』他們都在看電視，他們啥也沒瞧見，不過等她飆完以後他們就都會以為自己看到了。」

「而且他們也一直沒說他們到底有沒有看到。」

「他們一個字沒吭是因為我們啥也沒問。聽好了，我可不覺得是她幹的。這個可能我是後來才想到的，不過那時都結案了，所以何必多想呢？這個念頭我連提都沒跟文森提。」

「而如果你提了的話呢？」

「他會說她不是那種人，而且應該也沒錯。不過這種事很難講。如果她沒做的話，他給了她心靈的平靜。如果她做了的話，她一定很納悶彈匣怎個會從槍托遊移到她老公的口袋。」

「她會想到是馬哈菲動的手。」

「嗯哼。而這就有兩萬五千個理由可以感謝他了。」

「嗄？」

「保險金，」我說。

「可你說了他們原本就得付的啊。」

「雙重賠償，」我說。「他們得付保單上的金額，不過如果是意外的話他們可得付兩倍。這是假設保單附了雙重賠償的條款。雖說我沒法得知有或沒有，不過那個年代賣的大半保險，尤其是相對而言金額較小的那種，都附了這條。保險公司喜歡這麼寫，客戶通常也沒意見。保費只多一丁點，理賠卻是兩倍之多，何樂不為呢？」

這話題我們一來一往又談了會兒。然後她就問到眼下的案子，也就是挑起這件陳年舊事的新聞。我解釋說，我問到手槍純屬好奇。如果是自動手槍，而彈匣又擺在他的口袋而非理當置放的手槍裡，這會兒總有哪個警察已經看出端倪，真相應該也會公諸於世。

「好精采的故事，」她說。「你剛說是哪年發生的，三十五年前嗎？從沒聽你提起過。」

「從來沒想到要提，」我說：「有什麼好講的呢？因為沒有答案。真相永遠成謎。」

「無所謂，」她說。「還是很精采的故事。」

∞

英塢區的男子，後來報紙登說，用的是三八口徑的左輪，而且當天才清過手槍上了膛。所以絕無可能是意外。

多年來雖然我都沒再提起那件事，但這並不表示我沒有偶爾想起來。文森．馬哈菲和我從沒有真的談起過，而我偶爾還真希望我們有談過。得知真相的感覺應該不錯。

這是假設有可能得知真相，不過我不敢說一定能。畢竟在他做了不管他做的什麼以前，他把我叫出了房間。那就表示他不想讓我知道，所以事成之後我又憑什麼認為他會急巴巴的告訴我？

真相無從得知。而一年年過去，我發現這樣其實反而比較好。說不上來為什麼，不過我確實是衷心這麼想。

米基・巴魯瞪著空白螢光幕

「起初，」米基・巴魯說，「我想我跟全國觀眾一樣，以為他媽的有線電視系統壞了。」我們倆坐在葛洛根酒吧。這家位於地獄廚房的酒館是他開的，老闆本人經常出沒。他講到《黑道家族》播出完結篇（The Sopranos，譯註：HBO製作的迷你影集，最後一集的播出時間是二〇〇七年六月十號），訊號莫名其妙中斷，螢光幕一片灰白，持續十到十五秒。

「然後，我想，大概，他們是編不出結尾吧。但是克莉絲汀卻回想起，湯尼跟巴比討論過死亡的樣子。死亡降臨的時候，你甚至壓根不知道，就此畫下句點。湯尼就死得完全出乎他的意料之外。」

這是個尋常的上班日夜晚，素來沉默的酒保，早就把死賴著的幾個酒客轟走，椅子翻過來，架在桌上，省得明早進來拖地的人，礙手礙腳。我到得也晚，先去水手公園附近參加一個匿名戒酒聚會，回家路上，喝了杯咖啡。伊蓮在那兒找到我，捎來一段口信：米基剛打來，問我能不能兩點左右上他那兒去？

一度，我跟我朋友的夜晚，都從這個時候開始。他喝十二年尊美醇，我喝咖啡、可樂、水作陪。有時坐到黎明，他就會拖我到西十四街聖伯納教堂去參加屠夫彌撒。如今，我們的夜晚開始跟結束得都早；肉市搖身變成高級區塊，剩沒幾個屠夫，也舉行不了彌撒。聖伯納教堂走入歷史，現在改為瓜達露佩聖母教堂。

我們倆也老了，米基跟我。累了，就回家睡覺。

現在，他卻找我來談影集結尾。

他開口了，「你覺得這是怎麼一回事？」

「你指的應該不是電視吧。」

他搖搖頭。「人生。或者說人生的終點。是不是就是這樣？灰白的電視螢幕？」

我講到好些瀕死經驗，絕大部分都很類似，意識飄在半空中，突然眼前迎來一道光線，但最終靈魂還是決定回到身體。「另外一種選擇，沒什麼當事人的見證，」我說，「進到光裡去，就不知道發生什麼事情。」他想了想，點點頭。

「你是天主教徒。」我說，「教會那邊怎麼說呢？」

「他們講的有些事情，一字一句，深信不疑。」他說，「但有些事情，我左耳進，右耳出。克莉絲汀說，你會在死後，見到你鍾愛的人。當然這是她一廂情願的想法。」

一個殘暴的凶手入侵克莉絲汀．賀蘭德家，她的父母斃命當場。我請米基住進去，照顧她的安全。兩人從此結為好友。

「她家的電視機會讓你想起電影銀幕。」他說，「我們一起看節目，一坐就好幾小時，聊個不停。」他喝了一口威士忌。「有些人、有些事，我倒不介意再見一面。比方說，我弟弟，丹尼斯。但除了講幾句敘舊的話，對於長眠，我們又能說什麼呢？」

他這問題是什麼意思？我有點摸不著頭緒。三更半夜，把我叫出來，感覺是有話要對我說，但我很怕問他到底想講什麼。

我們同時陷入沉默，在深夜聚會，倒也不是罕見的場景。我正在找話題，米基卻先開口了。

「我想請你幫我一個忙。」他說。

∞

「我真怕聽到那句話。」我告訴伊蓮，「我還以為他要告訴我，他快死了。」

「他沒那麼說。」

「他希望我支持他。他要結婚了，跟克莉絲汀。」

「我想這就是他找你的原因。親口告訴你。你沒看出端倪嗎？」

「我以為他們只是朋友。」

我被瞪了一眼。

「他比她大四十歲。」我說，「在這段時間裡，還把西城攪得天翻地覆。不，我沒看出什麼線索。」

「你沒注意到她看他的樣子？或者他看她的眼神？」

「我只知道他們很喜歡窩在一起。」我說。

「喔，」她說，「你這也算偵探？」

葛洛根的最後一夜

我們在巴黎綠吃晚餐。這家餐廳位於我們第九街公寓南邊的幾條街上。我點了甜麵包（sweetbreads，譯註：小牛胸腺），心下狐疑，不明白這個名字打哪來，不甜也就罷了，壓根也不是麵包。伊蓮說，我只要上GOOGLE，不到三十秒，就會知道答案。再兩小時吧，我回她，等我把其他更有趣的問題弄明白了再說。

當天的魚類精選是阿拉斯加比目魚，正是伊蓮點的主餐。好些年前，一個營養學家終於說服她，把魚類視為蔬菜。起初，她把這個忠告當是美食版的誘導性毒品（gateway drug，譯註：像是大麻，容易誘惑使用者嘗試海洛因等更烈性的毒品）；過沒多久，她就會劈開牛骨，吸吮骨髓。目前，她還沒進展成肉食主義者，每週大概吃個兩次魚。

八點鐘左右，蓋瑞領我們到餐桌；一個小時以後，我們對甜點說不，對義式咖啡說好。伊蓮不怎麼喝咖啡，尤其是這麼晚的時間；我的訝異一定寫在臉上。「等會兒是漫長的一夜，」她說，「我想還是保持清醒比較好。」

「我看得出來你有多期待。」

「應該跟你差不多吧。有點像是沒有屍體的守靈夜。認真說起來，守靈夜應該是昨天，所以，今天算什麼？葬禮？」

「我猜是。」

「我一直覺得愛爾蘭式守靈，著實有幾分道理。大口大口的灌酒，直到你靈感湧現，能對逝者美言幾句。我的同胞會用布把鏡子蓋上，團團坐在硬木頭板凳上，食物一個勁兒的往嘴裡塞。我真想知道昨晚是怎樣的情景。」

「我確定他會告訴我們。」

我們喝盡咖啡，招來女侍，準備結帳。帳單由蓋瑞親自送來。我們認識他多少年？每個月固定光顧這家餐廳兩次，又有幾年的歷史？

我覺得他跟這家餐廳好像都沒變。他的神情永遠是剛想起個笑話似的；藍色眼珠閃出的光彩，多年來沒有半點渾濁。但掛在他戽斗下巴，像是金鶯鳥巢的鬍子，終究是灰白了，眼角周邊也顯出年紀來。今天晚上好像特別容易注意到這種事。

「昨晚我沒看見你。」他說，「當然啦，我是餐廳關門之後趕過去的。您那時可能已經回家了。」

「你說的是——」

「大塊頭的那地方。您朋友，不是嗎？還是我弄錯了？我這個人常犯糊塗。」

「我們是很要好的朋友。」我說，「只是不知道你們兩個也那麼熟。」

「其實還好，就是點頭之交。但他已經融入我們這裡了，不是嗎？這些年來，我只去過葛洛根十來次，但昨天一定得去一趟。」

「去致敬嗎？」伊蓮的口氣不大確定。

「順便看看街坊鄰居在酒吧前，無限暢飲。至於是看扁了人性，還是提升了對人性的期待，就看你站在哪個出發點上了。你知道嗎？親身見證一個時代的落幕，是我們這個詞窮的環境裡，用得最濫的俗套。每一齣情境喜劇下檔，總有人說，這是一個時代的落幕。」

「偶爾是會這樣。」她說。

「你是想到『歡樂單身派對』（Seinfeld，譯註：美國長壽影集，播出時間幾近九年）吧。」

「對耶。」

「那是例外，」他說，「反證這種說法有多氾濫。就跟葛洛根酒吧關門一樣。曾經，它是這個區塊裡，永恆不變的存在；但很快，建築就會不見，沒人記得這裡有這麼間酒吧。我聽說他們給地主一筆超好的價錢，讓他不惜冒著激怒巴先生的風險，明明知道酒吧還在開，還是非賣不可。但我也聽說，不管房地契上是誰的名字，那棟建築的持有者，壓根就是米基。」

「你還真聽了不少傳聞。」我說，「不輸包打聽。」他承認。「很高興向兩位報告，八卦橫行的時代至今生氣勃勃，沒有落幕的跡象。」

8

早在我認識他之前，我的朋友米基．巴魯就是葛洛根的老闆了。酒吧位於第十大道與五十街交叉口的西南角落。附近沒地方收留的孤魂野鬼，總愛在那裡盤桓；但也有一部分人，到那裡朝聖，是對老闆表達莫名的敬意。這些年來，周遭的建築變得高大時尚起來，酒吧依舊流露出一種我行我素的自傲。新的住戶搬進重新粉刷裝潢的出租房間，或者身價高不可攀的公寓，還是喜歡進來喝一杯健力士生啤，對著牆上指指點點，研究哪個可能是彈孔，哪個不過是普通的小洞。

米基總喜歡雇用愛爾蘭小夥子當酒保，好些人剛從貝爾法斯特、德里或者斯特拉班移民過來，一口濃重的北愛口音，倒是無礙他們學會調製「野馬」或者「新星落日」。新來的菜鳥喜歡用肚子抵住吧台、挨著酒店常客坐。在地鐵忙活半個世紀的老先生，一肚子稀奇古怪的經歷，可能會告訴你，他為什麼滿手是血、如何徬徨無助。老客人聽膩了這套，只想點杯啤酒，消磨時光，等待下一張退休金支票寄到手上。

「別在星期五過來。」米基告訴我，「那是我們營業的最後一天，保證西城人傾巢而出，全都擠進來。酒吧開到所有的酒類全部倒光，我們甚至還準備了點吃的。」

「所有人都來，偏偏不歡迎我？」

「歡迎兩個字哪能形容我們的誠意？」他說，「但是，你一定痛恨不已，我想連我自己都不喜歡。如果我在這事上有選擇的餘地，保證也會溜之大吉。週六來，帶她一起來。」

「週五是你的最後一夜？」

「是啊。第二天晚上，店裡什麼人都沒有，就我們四個。酒店關門之後，不是我們最美好的時光嗎？」

∞

我們穿過五十街，走上第九大道。在這裡，最後一個街頭市集小販，也把他們的小亭子拆了。

「就像是中亞的游牧民族，」伊蓮說，「收拾蒙古包，尋找更豐美的水草。」

「他們放牧的牲口，在這兒，忍飢挨餓好多年，」我說，「有的早被本地的惡狼一口吞了。現在他們改賣T恤、仿冒的Gap，還有越南三明治。地區協會花了好些經費，添購街頭監視器，種植更多的銀杏樹。」

「你看看這些精雕細琢的燈柱，」她說，「跟我們在巴黎看到的好像。」

接近第十大道，葛洛根已經進入眼簾。酒吧位於建築一樓，其上三層的出租套房，面街玻璃全都畫上大大的白色X，向外界宣告，這棟建物即將拆除。X後面一片漆黑，葛洛根看起來也沒有燈光。我懷疑米基是不是改變主意回家去了，就在這個時候，我發現前門小窗戶，閃出黯淡的光線。

我們在人行道上裹足不前，儘管眼前根本沒有任何車輛經過。伊蓮回應我沒道破的心思。「我們一定得去。」她說。

∞

應門的是克莉絲汀。鉛玻璃燈罩裡，流洩出柔和的燈光，照亮酒吧後方一張桌子，周邊放了四把椅子。也就這四把還在地上，其他的椅子全都翻在桌上。米基沒在桌邊，事實上，我連他的人影都沒看見。

「好高興你們兩個還是來了。」她說，「他也是。」轉轉眼睛，「『他也是』喔，聽我講，好嗎？他在辦公室裡，馬上出來。既然你們已經到了——」

她找來一個「休息」的標示，遮住小窗戶。「雙重保障。」她說。「告訴外面的人，我們打烊了，燈光也不會透出去。」

「全世界都以為你是美裔猶太公主，」前伊蓮．馬岱小姐說，「事實證明，卻是天生的愛爾蘭酒吧老闆娘。」

「在多尼戈爾一家小得可憐的村落酒吧，」克莉絲汀說，「緊挨著寒風凜冽的斯威利湖。這是我們最喜歡的幻想。好玩的是：我以為我會樂此不疲，他也會玩得很開心，但最多三個禮拜，他就想一把火把漂亮的屋頂燒掉，打道回府。」

她領我們到桌邊。她的飲料是冰茶，我們說，聽起來很適合我們。米基的十二年尊美醇威士忌放在桌上，還有一個玻璃杯、一把小水壺。尊美醇酒瓶是清澈的玻璃，我可以清楚看到液體的色澤。我還是喜歡上好威士忌的顏色。單就這點來說，劣質威士忌的顏色，諱莫如深，無法分辨品質，只傳達出一個訊息：你很渴，非得來上這麼一杯不可。

克莉絲汀還沒把茶倒回來，米基就已經從後頭的辦公室鑽出頭來，手裡拿著個紙袋。「我花了半天工夫，好不容易找到紙袋。」他說，「好像不用個袋子裝著、把它夾在胳肢窩，招搖上街，是十惡不赦的壞事似的。我們這裡放不下，但這個偏偏又是我的最愛。」

我還沒弄懂他在說什麼，伊蓮就從紙袋子裡抽出一幅九乘十二的愛爾蘭風景畫，還用畫框鑲得好好的。

「丁格爾半島的康納爾山口。」克莉絲汀說，「看起來真像。我覺得那是我這輩子到過最美的地方。」

「這是鋼版畫，手工著色。」伊蓮說，「那時還沒有彩色印刷，所以，只好用人工，一次描上一個顏色。手藝已經失傳，這種著色鋼版畫可以說是異常罕見。」

「有好些藝術還沒失傳，」米基說，「但腦袋瓜子已經被按在斷頭臺上，等著現代科技，手起刀落，斬首示眾。」他的手先移向酒瓶，又轉向水瓶，最後還是決定拿起酒瓶，倒了一點點上好的柯克郡〔譯註：愛爾蘭著名的酒鄉，也是尊美醇釀酒廠的所在地〕威士忌到玻璃杯裡。

「昨天晚上真的是熱鬧。」他說。

「我正想問。」

「喔，就跟我們愛爾蘭人的正宗派對差不多。進門前繳個二十塊，無限暢飲，把水井喝乾為止。他們其實是來幫忙清倉的。我找四個人來打工，八千塊錢也給他們平分了。」

「才一個晚上，成績不錯。」

「那是漫長的一夜，那夥兒酒客讓他們忙得雞飛狗跳。但他們拿了不少小費。想到酒不要錢，小費出手都很大方。」他舉起杯子，淺啜一口。「我站在門口收錢，整夜他媽的都得應付同一個問題。『又是房東貪得無饜？居然不管你還在開店，就把房子給賣了？』」

克莉絲汀一隻手按住他的胳膊。「從頭到尾，」她說，「在座的這位就是所謂的『貪婪房東』。」

「我是有史以來最棒的房東。」他說，「在我們頭頂三層樓裡，全都是租金管制的住客，冷暖氣帳單比房租還要高，儘管法律允許，我也懶得跟他們調漲租金。」

「聖人。」伊蓮說。

「我是啊。如果造物者有我這個房東一半仁慈，亞當跟夏娃也不會被迫搬離伊甸園了。等我死後下煉獄，要說我做過什麼好事，讓我少受點折磨，多半也是因為我善待房客。此外，還有最後的一點小甜頭：我給每個人五萬塊的搬家費。」

我說這實在是太慷慨了。

「對我來說，簡直微不足道。別問羅森史坦開口跟買家要多少。」

「我不會。」

「反正我也會告訴你。兩千一百萬元。」

「賣到好價錢了。」

「原來的金額，」他說，「兩千萬，也不算壞，只是沒這麼漂亮。然後，羅森史坦回去找買家，說他的客戶偏愛英國的傳統交易方式，喜歡基尼（guineas，譯註：英鎊之前的英國法幣，現今是貴族的象徵，只有馬匹、土地、藝術品交易，偶爾使用這個計價單位），不愛英鎊。你知不知道基尼這玩意兒？」

「我只知道你不是在說義大利人（譯註：基尼也是美國人對於義大利人的蔑稱）。」

「基尼是一種金幣。」他說，「一種古早的交易工具，滿接近現代的英鎊；但一基尼等於二十一先令，而不是二十先令。如果用基尼計價，金額會比用英鎊多五趴。我猜這種算法在十進位成為主流之後，就走入歷史；但是某些奢侈高價的頂級交易，還是有人裝模作樣的用基尼。羅森史坦跟我說，姑且一試，他也沒把握對方會吃這一套；反正見好就收，大不了退回去拿兩千萬。糾纏一陣子，他們居然同意用基尼計價。」

「所以，每個房客都拿到小禮物贈別。」

「是啊。」他放下玻璃杯。「你可以把他們想成是贏了威力彩，從某個角度來看，的確也是。不過，裡面有個小癟三，住在四樓左後方，一直覺得可以從我這裡多弄點什麼。『喔，我不知道耶，巴魯先生。你說要我搬哪去呢？我要怎麼樣才能找到付得起又過得去的住處呢？還沒提到搬家、重新安置的費用呢。』」

我好像看到克莉絲汀臉上閃過一抹微笑的陰影。

「我就看著他。」米基說，「有用手壓住他的肩膀嗎？不，我想沒有。我就是眼睛直勾勾的瞪著他看，壓低聲音。我說，我相信他可以搬，而且必須盡快搬，否則他跟他所愛的人，就會看到一個凶神惡煞站在他們面前，這樣不大安全；更何況這個人就是靠威脅恐嚇過日子的，何必鬧得這麼難看？結果，他是全大樓第一個把屋子清空的人。你能想像嗎？」

克莉絲汀雙手相握，看著米基，神情就像是露薏絲．蓮恩（譯註：超人的女朋友）。「我的英雄！」她說。

想嚇到我這種見多識廣的人，並不容易；但米基告訴我，他想跟克莉絲汀結婚的那個剎那，還真讓我大吃一驚，想不出別的場合差堪比擬。我是在葛洛根聽到這個消息的，還預先琢磨半天：在他死後，該怎麼替他料理後事。我做好心理準備，迎接壞消息的到來；沒想到，他竟然要我當他的男儐相。

伊蓮說，她就看出端倪了，不明白我為何這般魯鈍。

∞

克莉絲汀的父母死於一場極度兇殘的住宅入侵案。至親離開人世，自己卻進入我們的世界。炮製這起悲劇的狂徒不肯罷休，他要她、要她的房子、要她的錢。第一波攻勢，被我遏止；幾年以後，他精心籌畫，再度來襲。

我請米基照顧她，深知無人膽敢越雷池一步，非常放心。他們經常坐在褐石豪宅的廚房裡，一起喝咖啡、玩紙牌遊戲。我想他們聊得挺開心的，儘管我始終猜不出他們到底在聊什麼。

克莉絲汀父母的屍體，是在住家發現的。她依舊住在那裡，因為她的內心，遠遠比外人想得更加堅強。她至今沒搬家，卻已經是我朋友的妻子；只要你好好端詳他們倆互動的模樣，幾分鐘之後，你就會忘記外觀上的不協調，拋去「美女與野獸」的成見。他是壯漢，堅硬粗礪，讓人望之生畏，就像是復活節島上巨大的岩石；而她是如此纖細、脆弱，風吹就倒似的女孩。他比她年長四十歲。她是上流家庭，養尊處優的貴族少女；而他是在地獄廚房成長的混混，赤手空拳就可以扼斃成人。

她的手輕輕的按在他的胳膊上，聽他講故事的同時，散發著幸福的光彩。

∞

話題有些無以為繼。一個不知如何啟齒的問題，還在斟酌。伊蓮打破沉默，另起爐灶：他可後悔這樁買賣？

「不。」他說，搖搖頭，「有什麼好後悔的？這間酒吧，就算開一千年，也賺不了兩千萬。要說這是附近鄰里的地標，那麼，昨天晚上他們想說的，也都說了。其實，少了這麼間店，對社區還比較好吧？」

「這裡是有歷史的。」我說。

「沒錯。滿紙荒唐與不幸。計畫犯罪、立誓、毀誓。你在這裡消磨的那些夜晚，不是你生命中最慘澹的一段嗎？」

「我現在還記得清清楚楚。」

「你這輩子忘得了嗎？兩個男人站在門邊，像澆花一樣，一排排的子彈就這麼掃過來。還有人扔進一枚炸彈，我到現在還記得那道弧線，閃光在前，爆音在後，就像是打雷前的閃電。」

屋裡又陷入死寂，直到米基站起身來。「我們需要一點音樂。」他宣布，「明天下午，聖文生．德．保祿教堂，要送一部電鋼琴來。那玩意兒呢，說老，沒老到有古董價值；說新，又不是新到可以派上用場。如果他們明天或者週一前，把那大傢夥運過來，這裡也歡迎。如果我在，就讓他們擱在這兒吧。週二，房子就要易手了，裡面所有的東西，都歸新老闆，多半是跟磚頭、地板啥的，一塊往垃圾掩埋場一扔。你應該沒用吧？是不是？要不要那口莫斯勒保險箱？兩噸重而已。我想你也嫌麻煩吧。你想聽什麼？」

伊蓮跟我聳聳肩。克莉絲汀說，「聽點悲傷的。」

「悲傷的，是不是？」

「帶點愛爾蘭哀悼意味的。」

「啊，」他說，「沒問題，這好安排。」

∞

我記得幾年前的一個晚上。伊蓮跟我去林肯中心的大都會歌劇院，《波西米亞人》扣人心弦的張力，縈繞心頭，久久無法散去。伊蓮情緒不大好，焦躁不安。「她總是會死。我真不想回家。我們能不能再聽點音樂？傷悲的音樂？再悲傷也沒關係。就算心碎，我也不在乎。只要沒人死就行了。」

我們逛了兩家俱樂部，最後窩在下城的史摩（Small's，譯註：格林威治村最負盛名的爵士聖地），走出店門的時候，太陽都露臉了。伊蓮的怒氣終於散去。

地獄廚房一樓的愛爾蘭民謠，自然跟格林威治村地下室的爵士，天差地別，但就功能而言，卻是異曲同工，把我們拖進各自的心情裡，再一身輕鬆的超脫出來。我實在記不得米基究竟挑了哪些音樂，但我確定聽到克蘭西小子（Clancy Boys）、都柏林（Dubliners）樂團的幾首曲子，還有歌頌一七九八年愛爾蘭叛亂的民謠，由一個乾淨的男高音重新詮釋，一部嗚咽的管風琴伴奏。

偉哉！愛爾蘭蓋爾族，

上帝縱使其瘋狂；

他們血戰欣喜愉快，

他們歌聲慷慨悲哀。

「我是懷疑。」米基說，「僅僅是愛爾蘭人嗎？還是我們都這樣？在我們的內心深處？」他站起來，順手拿起玻璃瓶跟杯子。「威士忌夠了。你們要一直喝冰茶嗎？那我再去裝一壺。」轉頭跟克莉絲汀說，「不，你不要動。只要我們家的店還在，服務客人的工作，就得由我來。」

∞

他說，「我會不會想念？短一點的答案是：這家酒吧跟別的酒吧有什麼不同呢？我現在對這些一點興趣都沒有，連我這家也一樣。」

「長一點的答案呢？」

他想了想。「我想我會惦記吧。」他說，「這些年積累下來，你也知道。全副的重量終究會產生某種效果。我不老待在店裡，但這地方永遠在這裡盼著我。」他倒滿一整杯冰茶，像是威士忌般細啜一口，「今晚，房間裡滿是陰魂。你們感覺得出來嗎？」

我們全都點頭。

「不只是某個惡夜死在這裡的人，在別的地方離開人世的孤魂野鬼，也聚在這裡。剛剛我朝吧台看過去，見到一個戴著布帽的小老頭，窩在板凳上，一小口一小口的抿啤酒。這人我記得跟你們提過一次，我想，你們大概不記得了。」

但我記得。「前愛爾蘭共和軍。」我說。「如果我沒想錯。」

「沒錯。湯姆．貝瑞（譯註：愛爾蘭共和軍游擊隊領袖）在西庫克帶的小弟，流出來的血，足夠染紅班特里灣。他經常光顧他家附近的酒吧收了，就把老習慣帶到我這裡。有一天，他突然不見了，消息傳出來，他走了。沒人長生不老，就算來自肯梅爾（Kenmare，譯註：愛爾蘭凱里郡南部）的小個頭殺手也不例外。」

他的發音是肯－馬爾。隔個幾條街，諾立塔（NoLita，譯註：在曼哈頓），就是被獵地經紀人鎖定的那幾個區塊，約略在小義大利北邊，也有條街叫做肯梅爾街。坦慕尼（Tammany，譯註：民主黨的外圍組織，最初的宗旨是替愛爾蘭同胞服務）有個大老，叫做大提姆．蘇利文，把他媽媽凱里郡的老家地名，移做街名。但他就是沒辦法讓這裡的人，用愛爾蘭方式發音。愛爾蘭人唸做肯－馬爾，如果真有人會提到這個地方的話，現在那裡住的多半是中國人。

「安迪．巴克利。」他說，「你記得安迪吧。」

這不太需要回答。我絕難忘記安迪．巴克利。

「有一個很糟糕的夜晚，他來我這裡。一起上車兜風，我們兩個不都去了？」

「我記得。」

「方向盤操控如神，我從沒見過像他那樣會開車的人。飛鏢射得也是一絕。沒看他怎麼專注，手腕一抖，那個羽毛小玩意兒，就準準的落在他想要的位置上。」

「真的毫不費力。」

「是啊，你知道的。我請人重新裝潢酒吧，恢復舊觀，又買了一個飛鏢板，想把它釘在原來的後牆上。後來，我發現我實在不喜歡朝那個地方看，又把它拆了下來。」他深吸一口氣，憋一會兒，又吐出來。「我別無選擇。」他說。

安迪．巴克利背叛米基。米基是他的老闆，也是他的摯友。安迪卻設了陷阱，出賣他。在紐約州北邊一條冷僻的公路旁，米基雙手扼住安迪的大腦袋，硬生生的扭斷他的脖子，當時，我也在場。

你記得的安迪，他說。

「他媽的，別無選擇。」他說。「對我來說，實在不是一件容易的事情。要不然我何必換掉飛鏢板？何必把它拆下來？」

∞

「如果他們不是開出天價，親自登門拜訪。」他說，「我永遠不會關掉葛洛根，再怎麼樣，腦子裡也閃不出這樣的念頭。但是，這次時間對了，你知道。」

克莉絲汀點點頭。我感覺到他們先前討論過這一點。伊蓮問，為什麼這一次是機緣湊巧？

「我的生活變了。」他說，「在許多方面。尤其是這個小奇蹟：天使從天堂來到塵世，做我的新娘。」

「他的生活方式，不會回頭了。」克莉絲汀說。

「我現在賺的錢，」他說，「全都合法。以前幫我幹活的小弟，放蕩不羈，早就流浪到別的地方去了；就算他們還在幹不法勾當，那也是聽別人的使喚。在好幾個企業裡面，我都是隱名合夥人。我可能會在外面擺平幾宗債務、幫點不合法的小忙，弄點進帳。但是企業本身跟我參與的方式，百分之百合法。」

「葛洛根不算例外嗎？」伊蓮皺著眉頭。「我不明白究竟是怎麼一回事。這家店跟你的餘生一起進化，現在也成了一家雅痞酒吧，不像以前那樣的龍蛇雜處。」

他搖搖頭。「不，這不是重點。幹酒吧這行，總有無窮無盡的人想佔你便宜。供應商明明沒送的貨，照樣跟你收款。酒保個個自認有插乾股。三不五時，還有惡棍上門敲詐，美其名是廣告、是慈善。雖然我手握免死金牌。大家都知道要怕我。像我這種惡名在外的人，誰敢來招惹我？誰敢手腳不乾淨？誰敢矇我、對我施加什麼壓力？」

「誰膽敢冒著生命危險？」

「以前。」他說，「以前的確是如此。但這頭獅子老了，牙齒都快掉光了，只想窩在火邊取暖。

遲早，會有小弟想取而代之；我只好動手反制。我不在乎，但也不想做。不，我要徹底退出這個遊戲。」他嘆了口氣，「我會不會懷念？的確有些老地方，讓我依依不捨，承認，沒什麼好丟臉的。我確實不想重操舊業，但不代表我不懷念過去。」他的眼睛對上了我。「你呢？你是不是有一樣的感受？」

「我不想回到過去。」

「半點也不想。但你會懷念嗎？還有，那個時候總陪在你身邊的酒？」

「會。」我說，「有的時候我會懷念。」

∞

離開的時候，已經很晚了。米基關燈，鎖上門，然後說，簡直是浪費時間。「如果有人進來，摸走點什麼東西，又有什麼關係？反正都不是我的。」

他開車，一輛大得驚人的凱迪拉克，送我們回家。一路上，除了講幾句俏皮話，多半沒人開口。伊蓮跟我穿過凡登公園的公寓大廳，走進電梯，也還是一片沉默。她取出鑰匙，開門，放我們倆進去；我們檢查語音信箱跟電子郵箱。然後她把我留在電腦旁的杯子收起來，放進廚房。

我們找了幾個地方，試著掛掛看那幅康納爾山口鋼版畫——走廊、前屋——最後決定還是把它掛在哪裡的決定緩一緩。伊蓮覺得這幅畫想要被近距離端詳，所以我們把它暫放在小圓桌上，斜倚在一盞燈前。

就這麼點零碎活兒，家中所有擺設就此沉浸在和諧的寧靜中。

然後她說，「實在不壞。」

「不只。其實，這是一個很棒的夜晚。」

「我很愛這兩個人。分開兩個人，或者在一起，都愛。」

「我知道。」

「少了那地方，他真的會變得比較好。可以安享餘年，你不覺得嗎？」

「我是那麼覺得。」

「這可真的算得上了，一個年代的結束。」

「就像是《歡樂單身派對》？」

她搖搖頭。「不盡然。」她說，「至少不會重播。」

〈後記〉

有關這幾個故事

勞倫斯・卜洛克

我在一九七〇年代初期，開始寫馬修・史卡德。那時，我的第一段婚姻瀕臨瓦解，獨自一人住在距離哥倫布圓環一條街的公寓裡。我草擬出系列寫作計畫，我的經紀人跟戴爾出版社談好交易，最初的三本小說，就從我的打字機上流洩而出，一本接著一本：《父之罪》、《謀殺與創造之時》、《在死亡之中》。

在那段時間裡，平裝本的銷路很成問題。戴爾出版社也是狀況連連。他們幾乎把大部分的庫存原稿，都退回給作者跟經紀人，稿費付了，但沒打算出版。要不是熱心的編輯比爾・葛羅斯鍥而不捨，史卡德系列可能永不見天日。

書好不容易出版，發行卻是斷斷續續，銷售低迷不振；但是看過的讀者卻相當喜歡。原版的平裝本沒得到什麼評論，卻引發大量關注。《謀殺與創造之時》甚至得到愛倫坡獎的提名。

寫完這三本書，我提不起任何幹勁持續這個系列；別的出版社也沒有任何理由接手打理。感覺起來，我應該接受別人的建議，轉移注意力去創作別的角色。

我卻發現，史卡德並沒有那樣輕易放棄。一九七七年，我開始撰寫以他為核心的小故事——《窗外》，寫著寫著長度達到短篇小說的規模。《希區考克推理雜誌》，在九月號刊登。兩個月之後，他們又選中一篇，《給袋婦的一支蠟燭》。（後面這一篇，一度重新命名為《宛如受戮羔羊》[Like a Lamb to Slaughter]，做為同名短篇集的封面故事。這件事情本身就是一個故事——容我暫且保留，下次再說。）

這兩個短篇為我維繫著史卡德的一息尚存。兩年後，我沒死心，撰寫第四部史卡德長篇，碰碰運氣，交給唐·范恩的喬木書屋出版。這就是《黑暗之刺》，過沒多久，也順理成章的，《八百萬種死法》問世了。

對我以及馬修·史卡德而言，這本書都至為關鍵。跟先前的系列相比，足足厚了兩倍，雖然由謀殺調查為主力驅動情節，但也揭露了跟酒精糾纏的巨大張力與人類存在的朝不保夕。這本書得到許多重要的文學評論，入圍愛倫坡獎，並且當之無愧的拿下「私家偵探小說獎」。就在這本書似乎開啟全新境界的同時，派對卻嘎然而止。

因為，我要繼續寫史卡德什麼呢？從某種角度來說，這五本小說與兩個短篇組成一個巨大的故事，所有問題都在《八百萬種死法》裡得到解決。坦然面對，與酒精直球對決，就此一刀兩斷，我的主角已經解決生命中最核心的問題。他得到淨化與救贖，一個人，無論是在小說裡，還是現實中，還有什麼故事好說？

我想我跟史卡德大概緣盡於此了。他的存在，你不妨這麼說，已經喪失理由。但是，我的期盼卻是絕然相反，我喜歡透過他的眼睛看世界，喜歡用他的聲音去敘述，只是無力把我的渴望轉化成另外一本小說。

眼見句點即將畫下——幸虧出現了這本合集中的第三個故事《黎明的第一道曙光》。

幾年前，羅伯特·J·蘭迪斯（Robert J Randisi）告訴我，他想找個出版商，專門培育原創的私家偵探故事。如果他真的找著門路，我願意贊助他一個故事嗎？答應他，感覺是挺安全的承諾。根據我掌握的訊息，這種可能性，再往好裡說，也只能用「遙遙無期」來形容。

但是，創設美國私家偵探寫作協會的羅伯特，是個孜孜不倦的人，就在《八百萬種死法》出版之後沒多久，他就來找我，說他真找著出版商了。他的一本選集賣給奧圖·潘澤勒的推理出版社，現在正式來跟我邀稿。

我解釋說，我跟史卡德沒戲唱了。羅伯特遺憾，卻也能理解。但儘管能理解，他卻不依不饒，軟硬兼施，動之以情，誘之以利。我跟他說絕無可能，回家之後卻開始構思該怎麼下筆。這故事要倒敘，已經戒酒成功的史卡德，追述他深陷酒癮時的經歷。

寫作還挺順利的。愛麗絲·透納很快的就把它賣給《花花公子》，也被羅伯特收進精選集裡，美國推理作家協會還頒給這篇小說愛倫坡最佳短篇故事獎。一年之後，我把好些脈絡、情節放進這個故事梗概中，從八千五百字，擴增為九萬字，結果就是《酒店關門之後》，至今還是好多史卡德粉絲的最愛。

好幾年之後，我發現我在持續創作史卡德系列冒險故事，與時俱進，一直延續到他戒酒成功的歲月。一九八九年，我從《刀鋒之先》開始，以大致平穩的間隔，持續推展。二〇一一年，我回頭補了一段空缺——《烈酒一滴》，用馬修與米基．巴魯的深夜對話開場，時間設定在一九八二年到八三年，大約是在《八百萬種死法》收場，馬修滴酒未沾，酒杯留在吧台，揚長而去之後的一年。

我持續撰寫以馬修．史卡德為主角的短篇故事。《蝙蝠俠的幫手》，源自某個朋友的經驗，講述街頭層次的專利商標保衛戰。曾經收錄在羅伯特．蘭迪斯編輯的合集——《雇用正義》（*Justice of Hire*）中。《慈悲的死亡天使》是回應愛滋病危機而寫的，曾經刊登在《新推理》（*New Mystery*），也收在傑洛米．查林（Jerome Charyn）為國際推理作家協會編的精選集裡。

日後與我結成好友的爵士樂權威，霍華．曼道爾（Howard Mandel），在他與我的經紀人接觸之前，其實始終緣慳一面。當時霍華正在替某個地區爵士祭策畫行銷，希望我能以馬修．史卡德為主角，寫一篇爵士導向的小品，可能會成為節目內容中的亮點。《夜晚與音樂》因為這個緣由而誕生，更像是人生中偶爾切出的片段，構不上完整的故事。但我喜歡這樣的呈現，馬修、伊蓮與這城市的某個角落，連結在一起的感覺。這算是我的看家表演，多年來，只要有極短篇的需求，總是率先浮現心頭的題材。

接下來的三個故事在結構上都很類似。史卡德回顧過去的某起事件，從他當巡邏員警再到警探的那段歲月。《尋找大衛》是在事過境遷之後，揭露出的凶手動機，記述馬修跟伊蓮在佛羅倫斯的一段偶遇。《夢幻泡影》的篇名，源自查特．貝克〔Chet Baker，譯註：爵士樂天才小號手、歌手〕鬼魅般的歌名，追憶馬修在警局當差的往事。當時的他還在街頭巡邏，尚未離婚，應召女郎伊蓮只是他的女友。《一時糊塗》，聚光燈焦點集中在老資格的便衣刑警，文森．馬哈菲身上，馬修初期被分派到布魯克林時的搭檔。在系列中，我們不時提到馬哈菲，這個短篇讓我們能夠近距離的打量他。

這三個短篇先後刊載在《艾勒里．昆恩推理雜誌》。

HBO的影集《黑道家族》完結篇是《米基．巴魯瞪著灰白螢光幕》的靈感來源，原本提供給馬克．藍凡德（Mark Lavendier）製作限量版海報，除開那次露面，還是第一次付梓。就像是《夜晚與音樂》，比較像是小品而不是小說，但是敘述時序卻是關係重大，也許是巴魯人生中，最讓人訝異的轉折。（儘管伊蓮指天發誓，自己早就看出端倪……）

壓軸的是《葛洛根的最後一夜》，讓馬修、伊蓮、米基、克莉絲汀共聚一堂。那是一個滿是離愁的懷舊夜晚，揭露好多內心的曲折與原委。又是一個夜晚與更多的音樂。故事是為這個選集收場而特別寫的，並沒有出現在別的地方。